AS NOVAS AVENTURAS DE
SHERLOCK HOLMES

O CASO HENTZAU

DAVID STUART DAVIES

As novas aventuras de
SHERLOCK HOLMES

O CASO HENTZAU

Abajour BOOKS

São Paulo, 2017
www.abajourbooks.com.br

AS NOVAS AVENTURAS DE SHERLOCK HOLMES:
O CASO HENTZAU

Copyright© Abajour Books 2017
Todos os direitos para a língua portuguesa reservados pela editora.
A Abajour Books é um selo da DVS Editora Ltda.

Nenhuma parte dessa publicação poderá ser reproduzida, guardada pelo sistema "retrieval" ou transmitida de qualquer modo ou por qualquer outro meio, seja este eletrônico, mecânico, de fotocópia, de gravação, ou outros, sem prévia autorização, por escrito, da editora.

Tradução: McSill Story Studio
Responsável técnico: James McSill
Diagramação: Schäffer Editorial

Dados Internacionais de Catalogação na Publicação (CIP)
(Câmara Brasileira do Livro, SP, Brasil)

Davies, David Stuart
   As novas aventuras de Sherlock Holmes : o caso Hentzau / David Stuart Davies ; [tradução McSill Story Studio]. -- São Paulo : Abajour Books, 2017.

   Título original: Sherlock Holmes and the Hentzau affair.

   1. Ficção policial e de mistério 2. Holmes, Sherlock - Ficção I. Título.

16-08577   CDD-823

Índices para catálogo sistemático:

1. Ficção : Literatura inglesa   823

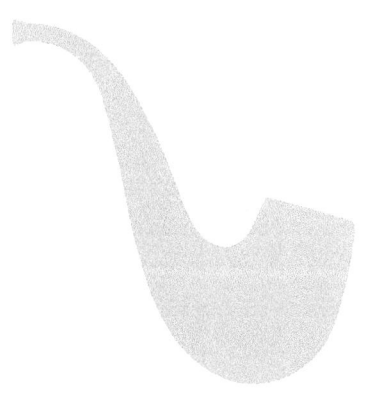

SUMÁRIO

PREFÁCIO 9

CAPÍTULO UM
CORONEL SAPT 11

CAPÍTULO DOIS
O IMPOSTOR REAL 17

CAPÍTULO TRÊS
OS AZUIS 25

CAPÍTULO QUATRO
O SUBSTITUTO DESAPARECIDO 31

CAPÍTULO CINCO
O HOTEL CHARING CROSS 39

CAPÍTULO SEIS
UM AMANHECER LONDRINO 45

CAPÍTULO SETE
UM REENCONTRO FAMILIAR 55

CAPÍTULO OITO
O CLUBE DIÓGENES 65

CAPÍTULO NOVE
A JORNADA 75

CAPÍTULO DEZ
A CABEÇA DE JAVALI 85

CAPÍTULO ONZE
RUPERT DE HENTZAU 95

CAPÍTULO DOZE
A RAINHA FLÁVIA 103

CAPÍTULO TREZE
O PAVILHÃO NO LAGOTEUFEL 111

CAPÍTULO QUATORZE
RASSENDYLL 121

CAPÍTULO QUINZE
RUPERT NOVAMENTE 129

CAPÍTULO DEZESSEIS
A FLORESTA DE ZENDA 135

CAPÍTULO DEZESSETE
O TREM REAL 143

CAPÍTULO DEZOITO
A RECEPÇÃO 153

CAPÍTULO DEZENOVE
EXPLICAÇÕES 157

Para Roger Johnson
amigo e companheiro sherlockiano,
cujas observações e conselhos foram uma
grande ajuda ao escrever este livro

PREFÁCIO

Os eventos relatados nesta aventura, os quais tive o privilégio de compartilhar com meu amigo, Sherlock Holmes, o melhor e mais sábio homem que já conheci, aconteceram em 1895. Eu sabia que no momento do registro do caso em meus cadernos privados que o mundo teria de esperar algum tempo antes que a história completa pudesse ser contada.

No entanto, não percebi o quanto nosso mundo mudaria tão dramaticamente. Com a virada deste século, veio a crescente inquietação na Europa, finalmente culminando nos assassinatos em Saraievo, precipitando a guerra para acabar com todas as guerras. As realizações da velha Europa no século XIX não tinham paralelo na história da humanidade, mas agora ela estava em seu leito de morte, em parte, através dos erros e fraquezas de seus líderes e, em parte, através dos poderes destrutivos que suas próprias realizações lhe concederam. Houve um forte e, considero, falso conceito promovido pelos jovens idealistas de que o progresso só seria possível através da destruição do velho. Eles estavam dispostos, mesmo ansiosos, em um momento supremo de cegueira a saltar à frente para um novo e fundamentalmente diferente futuro. Isso significava a passagem da era do monarca: a Europa foi jogada no caldeirão e velhas ideologias e dinastias foram destruídas pelas chamas da guerra, para nunca mais se levantarem. Entre aqueles consumidos nesta terrível conflagração estava o Reino da Ruritânia, o principal cenário para esta aventura.

Assim que a fumaça do conflito clareou em 1918, eu sabia que não havia mais restrições para eu manter esta história em segredo, mas, mesmo assim, algo dentro de mim me disse que ainda não era o momento certo para publicar este livro de memórias. Então eu o coloquei, juntamente com muitos outros casos não registrados de Sherlock Holmes, em um malote de latão desgastado e maltratado nos cofres da Cox & Cia. em Charing Cross. Decretei que cinquenta anos após minha morte, quando todos os atores deste drama particular estiverem mortos há muito tempo, a história do caso Hentzau possa ser finalmente posta diante do mundo.

John H. Watson,
Dr. Londres, 6 de maio de 1919.

CAPÍTULO UM
CORONEL SAPT

Sempre reflito que das muitas investigações realizadas por meu amigo, o detetive célebre, o Sr. Sherlock Holmes, aquelas que tiveram os começos mais dramáticos muitas vezes levaram a conclusões ainda mais dramáticas. Certamente, nenhum caso é maior prova desta observação do que este que estou a ponto de relatar, que colocou o futuro da paz na Europa em perigo e quase nos custou nossas vidas.

Mal sabíamos Holmes e eu de nossa aventura iminente nesse dia, em 1895, quando demos um passeio ao anoitecer em Hyde Park. O dia fora de inação para meu amigo e, como a atmosfera de nossa sala de estar tornara-se mais densa com a fumaça escura de seu tabaco de enrolar, não pude aguentar mais e o convenci a tomar ar. Relutantemente, ele concordou.

É com certa ironia que a mudança das estações pode ser observada mais facilmente e com uma mudança dramática mais aparente por moradores na grande metrópole do que é visto nos condados sonolentos. Os excelentes parques e vias arborizadas de Londres que abrem caminho através da capital vestem as estações como emblemas: os austeros pretos e cinzas do inverno; os verdes frescos e rosados florescentes da primavera; a exuberância do verão; e as variantes de âmbar do outono. Uma caminhada em Londres em qualquer época do ano sempre traz um contato direto com a face caprichosa da Mãe Natureza.

O verão daquele ano fora glorioso; ainda assim nas primeiras semanas em setembro, as árvores começaram a brilhar com matizes acobreados. Enquanto caminhávamos passando pelo Serpentine cinzento como chumbo, observei a ausência dos elegantes barcos a remo tão populares nos meses de verão – outro sinal claro de que o vibrante ano esmaecia. Virando nossos rostos para casa, já ficamos cientes do frio da noite aproximando-se quando a brisa endureceu, fazendo farfalhar as folhas frágeis.

– Apesar de todo o poder que o homem pode reunir, Watson, ele é impotente contra o tempo e a mudança das estações: eles são implacáveis. Podemos ser, como Shakespeare diz, "o exemplo dos animais", mas ainda somos escravos do tempo – meu amigo comentou com um ar melancólico.

Holmes estava com uma disposição silenciosa e sombria durante todo o dia e parecia que a estação morimbunda aumentara seu *taedium vitae*[1]. Como seu amigo íntimo, eu não estranhava essas crises de depressão. Seu cérebro era um instrumento tão finamente forjado que estava altamente sintonizado às sensações externas. Também percebi que não era apenas a imparável e precipitada pressa do tempo que escurecia o ânimo de meu amigo; era porque ele não tinha nenhum caso na mão para ocupar e desafiar sua mente incrível.

Quando viramos da Oxford Street em direção à Baker Street, as luzes foram acesas; mesmo os cabriolés que sacudiam os paralelepípedos acenderam suas lanternas de carruagem, pequenos faróis âmbar para atrair os clientes. Holmes e eu caíramos naturalmente em silêncio e cada um estava perdido em seus próprios pensamentos quando da crescente escuridão eu vi um rosto que conhecia, surgindo em minha direção. Ele pertencia a um amigo de Peterson, o comissário, que eu tratara de um surto de pneumonia quando Holmes estivera fora da cidade em uma de suas investigações discretas. O homem, chamado Cobb, era de aparência esbelta, com a testa alta como uma cúpula e o nariz aquilino finamente lapidado, em cuja ponte estava um par cuidadosamente equilibrado de pincenê[2]. Tinha a aparência de um clérigo

---

1   Nota do tradutor: latim, "tédio da vida".

2   Óculos sem haste que se prende ao nariz por meio de uma mola.

ou acadêmico maltrapilho. No entanto, eu sabia que ele era adegueiro no Rose & Crown, um hotel em Covent Garden muito frequentado por bagageiros.

Quando aproximou-se, reconheceu-me e, dando um grito surpreso, pegou-me pela mão, sacudindo-a vigorosamente.

– Olá, doutor Watson – ele gritou.

Sorri e acenei com a cabeça.

– Como pode ver, estou são e forte agora!

– Fico feliz em saber – eu disse.

Com essa breve troca nos separamos, ele, sem dúvida, correndo para seu local de trabalho. Esse encontro casual, no entanto, dera-me uma ideia.

– Então agora, Holmes – eu disse, voltando-me para meu companheiro silencioso –, o que pode me dizer sobre esse sujeito?

Meu amigo olhou-me com as sobrancelhas levantadas e, em seguida, deu uma risada curta. Eu sabia por que ele se divertia. Ele imediatamente percebera minha pequena manobra para desviar sua mente da trilha melancólica.

– Bem – disse Holmes, ainda sorrindo –, além do fato de você tê-lo tratado em algum momento em sua carreira médica, de que trabalha como adegueiro em um *pub* do West End, provavelmente o Rose & Crown, de que é negligente com sua saúde, serviu no exército em algum momento e de que é um apostador particularmente malsucedido, posso dizer-lhe nada.

Olhei para ele por um momento com puro espanto e então nós dois caímos na gargalhada.

– Holmes – eu disse, finalmente –, posso facilmente ver como deduziu que ele foi meu paciente uma vez, mas quanto aos outros detalhes... Bem, não consigo entender como você poderia saber essas coisas.

Holmes apertou os lábios.

– Realmente, Watson – disse ele –, vai me fazer jogar este jogo?

– Sem jogos, eu lhe garanto. Estou genuinamente perplexo por suas afirmações.

– Ah, está bem – ele suspirou um tanto impaciente, mas eu podia ver por sua expressão que achava este pequeno exercício divertido. – É assim que vejo a questão: o sujeito o cumprimenta e se refere à sua saúde; obviamente, você o tratou de alguma doença e, uma vez que já não pratica mais a profissão, sua ajuda deve ter sido feita a pedido de alguém daqui que sabe de sua área de conhecimento. Isto seria mais provável da Sra. Hudson ou Peterson, o comissário. O paciente não parece o tipo de conhecido de nossa senhoria, assim a probabilidade aponta para Peterson. Agora, embora este sujeito tenha tido recursos para chamar um médico recentemente, tão recentemente que ele se lembra de seu rosto na rua ao anoitecer, ele não é capaz de usar roupas apropriadas para o frio da noite: por isso ele é negligente com sua saúde. Sobre o tema de suas roupas: elas exalavam um forte odor de cerveja e os joelhos das calças estavam muito gastos. Estes fatos indicam que ele é empregado em instalações licenciadas a vender álcool em uma capacidade manual. O trabalho de adegueiro apresenta-se muito naturalmente. Como amigo de Peterson, seu local de trabalho é provavelmente o refúgio de bebida regular de nosso amigo comissário, que é, creio eu, o Rose & Crown na Henrietta Street. Como você, Watson, um velho militar raramente aprende novos truques. O lenço...

– Enfiado na manga?

– Exatamente.

– E a aposta malsucedida?

– Quando vejo uma cópia do jornal de esportes saindo do bolso de um homem, é seguro deduzir que ele é apostador e, se esse homem está mal vestido, há evidência clara de sua falta de sucesso nessa busca.

– Esplêndido, Holmes, esplêndido! – Gritei em genuína admiração da análise notável de meu amigo.

– Estou feliz que pense assim – ele respondeu com pouco entusiasmo. – Pode parecer inspirado para você, mas esse tipo de exercício é elementar para mim, meu caro Watson e, portanto, não faz nenhuma demanda real a meus processos dedutivos. Meu cérebro anseia por um verdadeiro desafio, um que use sua capacidade ao máximo. Enquanto esta máquina de raciocínio está ociosa – e ele bateu na têmpora com o dedo indicador –, o homem inteiro sofre: a poeira do banal se instala e enfraquece o espírito. No entanto – continuou ele, com um abrandamento de sua expressão cisuda –, aprecio o pensamento por trás de sua pequena artimanha.

Justo quando eu estava prestes a responder, minha atenção foi tomada pelo barulho ensurdecedor de cascos e gritos altos enquanto um cabriolé trovejou por nós em alta velocidade, com o passageiro, um homem grande e atarracado, inclinando-se para fora, pedindo ao cocheiro que seguisse.

– Eia, o que temos aqui? – Murmurou Holmes, enquanto o cabriolé sacudia e balançava até parar do lado de fora de nossos próprios aposentos. O passageiro saltou e, empurrando algumas moedas na mão do cocheiro, começou a bater com força em nossa porta com sua bengala. Holmes riu alto. – Um cliente, meu rapaz. Este visitante poderia muito bem ser a escada pela qual seremos capazes de escalar do triste poço.

Enquanto ele falava, o homem abria caminho passando por uma Sra. Hudson um tanto aturdida.

– Seja o que for – eu disse –, a questão é urgente.

– Esperamos que sim – respondeu Holmes, esfregando as mãos de contentamento.

No momento em que chegamos à nossa porta, as cortinas de nossa sala de estar haviam sido fechadas, contra as quais eu podia ver a silhueta de nosso visitante passando para lá e para cá de forma agitada.

Holmes sorria de lábios apertados como sempre.

– Onde há tal vacilação, Watson, há também uma mente muito perturbada.

Ao entrar no 221b, uma Sra. Hudson de aparência preocupada nos encontrou no corredor.

– Há um cavalheiro aqui para vê-lo, Sr. Holmes – disse ela, em tom conspiratório e baixo. – Ele parecia muito perturbado e estava determinado a aguardar seu retorno, por isso, tomei a liberdade de levar-lhe a sua sala de estar.

– Muito bem também, Sra. Hudson – aprovou Holmes, subindo a escada com entusiasmo.

Quando entramos na sala, nosso visitante, que ainda estava no processo de medir o chão com passos, virou-se abruptamente para nos encarar. Ele era baixo e corpulento, com uma cabeça grande em forma de bala, cujo cabelo fora cortado bem curto. Um bigode eriçado grisalho adornava seu lábio superior. Ele tinha o porte e a aparência de um velho soldado.

– Qual de vocês é Sherlock Holmes, o detetive particular? – Ele latiu a pergunta para nós e, embora falasse em inglês perfeito, havia um traço inconfundível de sotaque em sua voz.

– Eu sou Sherlock Holmes e este é meu amigo e sócio, doutor Watson.

Nosso visitante bateu os calcanhares e curvou-se rapidamente.

– Eu sou o coronel Sapt a serviço do Rei Rudolf V da Ruritânia.

– Certamente – disse Holmes urbanamente, jogando fora suas roupas exteriores. – Sente-se, coronel Sapt, a Sra. Hudson servirá chá em breve.

Os olhos de Sapt brilharam friamente em seu rosto pálido e tenso, que reluzia de suor na luz a gás. Ele bateu as luvas de couro em cima da mesa com irritação.

– Temo que não tenha tempo para seus maneirismos ingleses, Sr. Holmes. Estou aqui em seu país em uma missão secreta de extrema importância. As circunstâncias conspiraram para me colocar em uma posição onde preciso de ajuda desesperadamente. Não há tempo a perder. O propósito de minha missão me impede de aproximar-me das autoridades para pedir ajuda. Então, depois de ter ouvido falar de sua reputação, venho ao senhor como meu último recurso.

Holmes olhou atentamente para Sapt.

– Ganho meu pão e queijo aceitando os problemas com os quais, por qualquer motivo, a polícia oficial é incapaz de lidar – disse ele, empurrando uma pilha de jornais da cadeira de vime no chão. – Quanto aos maneirismos ingleses, coronel, devo assegurar-lhe que, neste caso, eles são puramente práticos. Quero que esteja relaxado e revigorado para que possa relatar por completo e em detalhes precisos as causas de seu problema. Se eu for ajudá-lo, isso é essencial. Agora, senhor, sente-se nesta cadeira perto do fogo. Um conto apressado e confuso atrapalhará, ao invés de ajudar, uma solução rápida ao assunto sobre o qual deseja consultar-me.

Sapt deu um grunhido de impaciência, deu alguns passos incertos para a frente e, em seguida, para nossa grande surpresa, revirando os olhos e balançando os braços, caiu no chão, prostrado e insensível sobre nosso tapete de pele de urso.

CAPÍTULO DOIS

O IMPOSTOR REAL

Por um instante, Holmes e eu olhamos com espanto silencioso para a figura inerte diante de nós; em seguida, enquanto meu amigo corria com uma almofada para sua cabeça e conhaque para seus lábios, ajoelhei-me e afrouxei seu colarinho e senti seu pulso, onde o fluxo da vida fluía de forma irregular.

– O que é, Watson?

– Ele simplesmente desmaiou. Provavelmente suas emoções fortes venceram-no.

– Estou perfeitamente bem – resmungou nosso visitante, seus olhos pesados tremeluzindo abertos naquele rosto sólido, branco, costurado com linhas de preocupação. Holmes levou o conhaque a seus lábios e ele bebeu. – Uma fraqueza momentânea, asseguro-lhes, senhores – disse Sapt, ajeitando-se à posição sentada. – Serei eu mesmo novamente dentro de alguns instantes. No entanto, gostaria de receber mais um gole de conhaque; é muito revigorante. – A expressão cisuda amoleceu e um leve sorriso tocou seus lábios.

Quinze minutos depois, o coronel Sapt estava sentado perto de nossa lareira, bebendo uma xícara de chá e, aparentemente, sem vestígios de desgaste.

Holmes estava sentado em frente a ele, relaxado em seu roupão cor-de-rato, fumando seu velho cachimbo de argila preto.

– Agora, senhor – disse ele –, eu deveria ter o prazer de ouvir sua história e rezar que seja preciso quanto aos detalhes.

Sapt descansou seu copo, inclinou-se e, em seguida, hesitou por um momento, como se para limpar sua mente, então ele começou:

– Em primeiro lugar, no que diz respeito ao que estou prestes a dizer-lhes, devo comprometê-los, como cavalheiros honrados, ao máximo sigilo.

– Não precisa temer por causa disso – Holmes assegurou-lhe. – Esta não será a primeira vez que Watson e eu ficamos a par dos segredos de uma família real. Nossa discrição é garantida.

Dei um aceno de concordância.

– Obrigado, cavalheiros – reconheceu Sapt. – Esta questão é de natureza tão grave e delicada que o conhecimento público traria ruína e desgraça para a Casa de Elfberg. Agora, a fim de familiarizá-los completamente com esse negócio desesperado, devo começar referindo-me a acontecimentos que ocorreram cerca de três anos atrás.

– Três anos atrás! – Exclamei, incapaz de conter minha surpresa.

Holmes suspirou com impaciência.

– Se acha isso absolutamente necessário, coronel Sapt, por favor, seja breve e vá direto ao ponto.

Os olhos de Sapt piscaram com raiva por um segundo antes que ele iniciasse sua narrativa:

– No dia antes da coroação do Rei Rudolf V, que deveria acontecer na capital ruritana de Strelsau, o rei e eu, e um outro membro de confiança da Casa Real, Fritz von Tarlenheim, passáramos o dia caçando na floresta perto da cidade de Zenda, cerca de cinquenta quilômetros da capital. Pretendia-se que, depois deste dia de relaxamento para o rei, ele passaria a noite no pavilhão de caça real na beira da floresta antes de viajar para Strelsau no dia seguinte para sua coroação. Quando estávamos na floresta, encontramos um inglês, Rudolf Rassendyll, que estava em férias no distrito. Ficamos todos impressionados com a semelhança incrível que ele tinha com o rei. Na verdade, descobrimos mais tarde que os Rassendylls são descendentes do filho ilegítimo de Rudolf II que, quando era um jovem príncipe, visitou a corte inglesa, onde conheceu e cortejou uma senhora casada, a esposa do quinto conde de Burlesdon. O príncipe enfim deixou a Inglaterra sob suspeita depois de duelar com o conde.

Dois meses depois, a senhora deu à luz um filho.

– Por favor, poupe-me da história social – suspirou Holmes cansado.

Sapt não tomou conhecimento da interrupção de Holmes e continuou imperturbável:

– Aparentemente, de vez em quando as características dos Elfberg, o nariz reto e longo e o grosso cabelo ruivo escuro, manifestam-se em um Rassendyll. Rassendyll é o nome da família dos Burlesdons. Esse encontro casual na floresta com o mais recente dos Rassendylls a carregar as características hereditárias provaria-se uma bênção fatídica.

– O rei estava tão comovido com a novidade de ver seu "gêmeo", por assim dizer, que ele insistiu que o jovem Rassendyll deveria jantar conosco naquela noite no pavilhão. O inglês, que visitava a Ruritânia com o propósito de ver a coroação, concordou prontamente com esta sugestão.

– A noite foi desastrosa. Tanto Fritz quanto eu podíamos ver que o rei bebia demasiado livremente, desatento a nossos apelos à moderação e da necessidade de uma mente clara para o dia seguinte. A verdade é que, Sr. Holmes, o rei é um homem de vontade fraca; faltam-lhe tanto a disciplina quanto o senso de dever exigidos por sua exaltada posição.

Eu podia ver que era difícil para Sapt admitir essas falhas em seu monarca, mas, embora eu conhecesse este homem há pouco tempo, eu acreditava que ele dizia a verdade.

– Mais para o fim da noite, Josef, o criado que nos servia, colocou um velho frasco coberto de vime diante do rei, dizendo que era um presente do duque de Strelsau, Michael o Negro, irmão do rei. – Sapt balançou a cabeça tristemente. – Lembro-me da resposta de Rudolf até hoje: "Remova a rolha, Josef", ele gritou. "Enforquem-no! Será que ele achou que eu recuaria de sua garrafa?"

– Michael era um rival ao trono? – Perguntou Holmes, recostando-se na cadeira com os olhos fechados.

– Certamente que era. Michael o Negro era um homem ciumento e mau que trazia a Rudolf nada além de maldade, mas, apesar dos protestos de Fritz e eu, a garrafa foi provada pelo rei. Em seguida, com uma solenidade nascida da hora e de sua própria condição, ele olhou em volta para nós: "Senhores, meus amigos, Rudolf, meu primo, tudo é seu até a metade da Ruritânia. Mas não me peça uma única gota desta garrafa divina, que beberei à saúde daquele, daquele mau-caráter sagaz, meu irmão, Michael o Negro." E então ele pegou a garrafa e bebeu tudo.

Sapt fez uma pausa momentânea para acender um pequeno charuto.

– Todos nós dormimos muito naquela noite, mas ninguém mais do que o rei. Pela manhã, não havia como acordá-lo; ele permanecia em uma espécie de estupor profundo.

– Ah – exclamou Holmes, de olhos abertos –, o vinho fora drogado.

– Exatamente. Era o plano de Michael o Negro para evitar que o rei fosse coroado. Eu sabia que se Rudolf não subisse ao trono naquele dia, ele nunca o faria. Imaginem, cavalheiros, a nação inteira enchendo as ruas da capital, a metade do exército presente com Michael o Negro encabeçando-os: Rudolf tinha de estar lá. Certamente que não podíamos enviar notícia de que o rei estava doente: as pessoas conheciam suas "doenças" demasiado bem. Ele estivera "doente" com muita frequência.

– O senhor deduziu que Michael o Negro planejava tomar o lugar de Rudolf na coroação? – Perguntei.

– Eu estava convencido disso, doutor. Ele cortejava a popularidade do povo com isso em mente. O estado inteiro estava de férias, tomados pela febre da coroação; um monarca tinha de ser coroado naquele dia. E aqui estava Michael, sorrindo docemente, balançando a cabeça tristemente para as falhas de seu irmão; certamente ele poderia ser persuadido... Bah! – Sapt bateu no braço da cadeira. – Meu sangue ferve até agora só em pensar sobre isso e em como aquele canalha chegou tão perto de usar a coroa.

– Como foi impedido? O rei recuperou-se a tempo? – Perguntei.

Sapt balançou a cabeça.

– Não, senhor, ele não o fez.

– O senhor fez Rassendyll se passar pelo rei – disse Holmes calmamente.

Sapt tomou um susto.
– Como diabos...?
Holmes sorriu.
– É a única solução lógica para o dilema. Há um rei prestes a ser coroado que foi drogado e não é capaz de desempenhar suas funções, enquanto que, por outro lado, há um inglês que tem uma semelhança incrível com ele. O senhor não teve escolha a não ser persuadir Rassendyll a tomar o lugar do rei.
– Foi um risco perigoso, mas, como diz, não havia alternativa. Depois de alguma persuasão por parte de Fritz e eu, Rassendyll relutantemente concordou.
– Então, tecnicamente falando – observou Holmes –, o Rei Rudolf nunca foi coroado.
As feições de Sapt nublaram.
– Temo que não, Sr. Holmes – ele admitiu gravemente. – Não o incomodarei com os detalhes de como, nesse curto espaço de tempo disponível para nós, treinamos Rassendyll na etiqueta da corte ruritana e sobre a vida passada, os gostos da família e o caráter do rei, bem como os deveres que esperavam-se dele durante a coroação; basta dizer que Rassendyll comportou-se maravilhosamente e enganou a todos.
– Todos, exceto Michael o Negro.
– Sim, exceto Michael e seu cúmplice traiçoeiro, Rupert de Hentzau. – Sapt permitiu-se uma pequena risada. – Michael quase explodiu de raiva quando ficou cara a cara com Rassendyll na catedral, mas não havia nada que ele pudesse dizer ou fazer sem expor sua própria traição. Ele teve de permanecer parado impotentemente enquanto o impostor de seu irmão era coroado Rei da Ruritania. No entanto, o maior teste para o substituto naquele dia foi um encontro com a princesa Flávia, noiva do rei. Ela não foi totalmente enganada. Ela observou diferenças sutis em Rassendyll, mais em seu comportamento do que em sua aparência, mas essas mudanças impressionaram-na e ela as viu como melhorias ao invés de discrepâncias, deduzindo erroneamente que, finalmente, Rudolf comportava-se como um rei, o que, na verdade, Rassendyll fazia. Cada centímetro dele era Elfberg.

– Presumivelmente, houve algumas consequências problemáticas resultantes da substituição de Rassendyll? – Comentou Holmes.

– Após as festividades da coroação, Rassendyll e eu voltamos para o pavilhão de caça acobertados pela escuridão. O plano era que o inglês seguisse para a fronteira, enquanto o rei e eu voltaríamos para Strelsau. No entanto, ao chegar ao pavilhão encontramos Josef, que fora deixado como responsável por Sua Majestade, assassinado, um corte carmesim na garganta. O rei desaparecera!

Holmes levantou uma sobrancelha interrogativa.

– Michael o Negro.

– Sim. Maldito. Um grupo de homens liderados por Rupert de Hentzau raptara o rei e entregara-o à fortaleza de Michael, o Castelo de Zenda. Ele sabia, é claro, que não poderíamos dar o alarme sem expor publicamente nossa própria ação: colocar um impostor no trono da Ruritânia.

– Então Rassendyll teve de continuar desempenhando o papel de rei.

– Não havia outra alternativa. Não vou cansá-los com um relato completo dos eventos que se seguiram; basta dizer que Rassendyll, bravo sujeito que era, não recuou de seu dever. Se ao menos ele fosse o legítimo herdeiro! Ele era muito mais adequado para o papel do que Rudolf. Mal sabia eu então que meus pensamentos ociosos...

As palavras de Sapt esmaeceram e ele olhou para as chamas dançantes de nosso fogo, momentaneamente perdido em seus pensamentos; em seguida, com um breve aceno de sua cabeça cinzenta, retomou sua narrativa:

– Um resultado imprevisto da continuidade da representação de Rassendyll foi que ele e Flávia se apaixonaram. Ainda acreditando que ele era Rudolf, um Rudolf mudado e melhorado, ela viu nele tudo o que sempre quis em seu noivo. A cordialidade e a nobreza de Rassendyll capturam seu coração, enquanto sua suprema beleza e graça natural quebraram qualquer reserva que ele poderia ter sentido. Foi um florescimento natural do amor verdadeiro. Eles formaram um casal feliz e honrado.

– Bastante – disse Holmes com o menor traço de ironia em sua voz. Eu sabia que ele, com seu respeito pela razão fria e uma forte aversão ao que ele considerava serem as emoções mais frágeis, acharia essa conversa de romance irritante e irrelevante. – Diga-me, coronel – continuou ele rapidamente, seus olhos reluzindo com um brilho afiado –, como este pequeno dilema do rei sequestrado foi resolvido, já que resolvido deve ter sido? Não há nenhuma palavra de escândalo ou insurreição na corte ruritana que eu me lembre há muitos anos.

– Na verdade, Sr. Holmes, o Rei Rudolf foi finalmente resgatado. Com um corpo de soldados selecionado, que surpreendeu o Castelo de Zenda na calada da noite. Que derramamento de sangue e azar que houve! Mas, graças às estrelas, nosso monarca foi restaurado a nós ileso. Michael o Negro, no entanto, em uma luta fatal com Rupert de Hentzau, foi despachado pelo vilão que, em seguida, com a própria sorte do diabo, escapou de qualquer ferimento e fugiu para as colinas.

– Rassendyll teve um encontro final com Flávia, no qual ela soube a verdade. O segredo, portanto, compartilhado, pareceu aumentar o repeito profundo que tinham um pelo outro e selou seu amor eterno. No entanto, o dever controla muitas de nossas vidas: era dever de Rassendyll abandonar seu papel e deixar a Ruritânia já, enquanto que era dever de Flávia ser fiel a seu país e tomar seu lugar ao lado do herdeiro legítimo do trono. E isso é o que aconteceu. Rassendyll voltou para casa para a Inglaterra e o Rei, depois de ter se recuperado de seu calvário, casou-se com Flávia dentro de um mês...

– E tudo estava bem no mundo – disse Holmes, que se levantou da cadeira com impaciência e começou a andar pela sala. – Até agora. Três anos mais tarde, eventos ocorreram que o forçaram a visitar a Inglaterra em uma missão de grande urgência, uma missão que já está ameaçada de fracasso.

Sapt acenou com a cabeça em concordância.

– Então, finalmente estamos chegando ao cerne da questão – Holmes anunciou. Ele atirou-se para trás em sua cadeira e, extraindo um pequeno carvão do fogo com o pegador, começou a reacender o cachimbo. Por alguns momentos, seu rosto foi obscurecido por baforadas espessas de fumaça cinza e, em seguida, ele se dirigiu a nosso visitante novamente: – Agora, coronel Sapt, diga-nos qual é seu problema e como acha que eu posso ajudá-lo.

Apertando as mãos muito firmemente em um gesto nervoso, Sapt olhou atentamente para meu amigo.

– Muito bem. Passo agora aos recentes acontecimentos que estão intimamente relacionados com aqueles que recém relatei e que colocam todo o futuro da Ruritania à beira do desastre.

CAPÍTULO TRÊS
OS AZUIS

O vento outonal aumentara um pouco, desde que retornáramos a nossos aposentos, e agora ele sacudia nossas janelas com uma força gemente, como se tentasse ganhar entrada. O fogo dançava de forma irregular na lareira, as chamas pegas por uma corrente errante da chaminé. No entanto, Holmes e eu não pensávamos no clima à medida que ouvíamos atentamente nosso visitante da Ruritânia.

Holmes parecia relaxado, recostado na cadeira, fumando intermitentemente seu cachimbo, mas eu, que o conhecia bem, poderia reconhecer os sinais reveladores de alerta e emoção: o brilho em seus olhos, o lábio levemente franzido e a sobrancelha contraída.

– Os três anos que se passaram desde o sequestro do rei – continuou o coronel Sapt – foram três anos tristes e dolorosos para a Ruritânia. Como sugeri anteriormente, Rudolf não era o material do qual grandes reis são moldados, mas parece que a provação no castelo de Zenda perturbara e enfraquecera seu caráter ainda mais. Ele foi um mau marido para Flávia, negligente e imprudente, e um monarca não confiável e errático para seu povo. Ele passava de longos períodos de depressão e melancolia para rajadas de comportamento irracional e muitas vezes violento. O resultado disso foi que, apesar de todos os esforços para reduzir os efeitos de sua conduta instável e abafar relatos das indiscrições reais, o apoio e devoção que ele recebeu em sua ascensão, tanto da corte quanto do povo, diminuiu. Neste clima de insatisfação geral com Rudolf, brotou no país uma facção subterrânea inclinada a ganhar apoio suficiente para usurpar o trono. Eles são chamados os Azuis e sua insígnia é a búgula azul, uma flor comum em nosso país e, de fato, em toda a Europa até a Ásia. À frente deste grupo está o patife diabólico, Rupert de Hentzau.

– O quê!? – Perguntei – Ele ainda está em liberdade?

– Ai, doutor, ele está. Não havia maneira com a qual ele pudesse ser oficialmente acusado de traição sem que toda a história da substituição do rei fosse revelada, e isso teria enfraquecido a posição de Rudolf ainda mais. Portanto, a liberdade de Rupert teve de ser permitida, pelo bem do rei.

– Uma sombria ironia, de fato – comentou Holmes.

– Tentamos, é claro, mais de uma vez livrar-nos deste espinho na carne, mas Rupert é muito astuto e escorregadio para ser pego em nossas armadilhas. Ele parece ter a sorte do próprio diabo, mas um dia, Sr. Holmes, um dia...

A voz de Sapt afundou para um sussurro rouco e seus olhos brilharam com raiva por um instante antes de ele retomar sua narrativa:

– Rupert reapareceu em Strelsau no dia do casamento de Rudolf com Flávia. Ele se comportou em público como se nada tivesse acontecido e, é claro, para todos além de poucos que conheciam a história da trama de Zenda, nada acontecera. Embora Michael estivesse morto, seu homicídio fora atribuído a um assassino desconhecido e sua traição não foi revelada. Rupert sabia que ele não tinha nada a temer: seu conhecimento tornava-o um homem seguro. Pouco depois de seu retorno, ele assumiu o Castelo de Zenda, que Michael, em sua loucura, lhe legara. É do castelo que ele agora comanda os Azuis. Ele ainda não, não por enquanto, tomou ação direta de prejudicar o rei, mas sua presença é como uma ameaça sombria e ameaçadora. Ele é como uma aranha secretamente tecendo sua teia de intriga, uma teia que um dia pode enredar-nos a todos. Devemos agradecer a Deus pela Rainha Flávia, pois deve-se principalmente a ela que a coroa mantenha qualquer fidelidade e respeito no país. Apesar da negligência e insensibilidade de Rudolf, ela ficou a seu lado, fornecendo a única centelha de verdadeira honra restante à monarquia. Ela sublimou todos os sentimentos nas exigências do dever.

– Uma vez por ano, Fritz von Tarlenheim viaja para Dresden, carregando um símbolo do amor de Flávia para Rudolf Rassendyll, que se encontra lá. Sob instruções estritas da rainha, Fritz não revelou nada de sua tristeza e da situação infeliz na Ruritânia, mas transmite apenas uma breve mensagem confirmando seu amor eterno. Rassendyll lhe devolve mensagem e símbolo semelhantes. De certa forma, Sr. Holmes, este contato tênue é a única luz no céu de Flávia. Sem ele, acredito que ela sucumbiria às pressões de seu casamento trágico e à crescente vulnerabilidade de sua posição como rainha.

– O rei não tem noção de seus sentimentos em relação a Rassendyll? – Perguntei.

Sapt balançou a cabeça.

– Nenhuma. Tenho certeza disso. – O coronel mudou de posição na cadeira, inclinando-se para a frente, com um ar quase conspiratório. – Agora eu chego aos eventos que ocorreram nos últimos dois meses, dos quais o resultado direto é o propósito de minha visita à Inglaterra e, indiretamente, a razão de minha necessidade de recorrer a sua ajuda.

– Cinco semanas atrás, o Rei, após uma de suas bebedeiras de noite inteira, adoeceu. O resfriado que pegou transformou-se em uma febre e, por vários dias, parecia que ele morreria. Seu fim, é claro, seria um triunfo para os Azuis, pois ainda não há herdeiro ao trono e, com a morte Rudolf, a coroa cairia para aquele com maior força: Rupert de Hentzau.

– No entanto, o rei se recuperou. Pelo menos, ele recuperou a saúde física, mas a febre havia causado uma grande mudança em sua mente. Como devem ter imaginado, Rudolf Elfberg não era o mais mentalmente estável dos homens na maioria das vezes, mas esta doença parece ter roído as estruturas fracas de sua mente, até elas desabarem completamente. Sr. Holmes, para colocar um ponto final nisso: o rei está louco.

Mesmo Holmes foi pego de surpresa com essa revelação.

– Louco? Em que sentido, coronel Sapt?

– Ah, ele não tagarela e declama ou rasga suas roupas. É como se ele fosse uma criança: um bobo. – Sapt balançou a cabeça lentamente. – Ele é um espetáculo lamentável de se ver.

— E esse estado é permanente?

— Não há certeza quanto ao que poderia acontecer. Consultas discretas foram feitas com algumas das mais eminentes autoridades médicas da Europa, incluindo Sir Jasper Meek, o especialista em distúrbios cerebrais de Londres. Todos dizem a mesma coisa: se a mente lutará de volta à racionalidade ou se afundará ainda mais em seu próprio esquecimento depende da personalidade da vítima e da luta que ela está preparada para fazer por sua própria sanidade. Só o tempo dirá. A condição do rei é conhecida por apenas alguns: a rainha, eu mesmo, Fritz, Steiner, médico pessoal do rei, o chanceler e um pequeno número de criados confiáveis. A história divulgada publicamente é que o rei tem uma lesão na coluna vertebral, resultado de ele ter caído de seu cavalo, e assim todas as funções públicas estão canceladas até que ele se recupere completamente. A sugestão de imprudência ligada a um acidente de equitação ajudou a dar à história um certo crédito e por isso esta versão da verdade foi prontamente aceita, por enquanto. Mas não vai demorar muito para que as pessoas fiquem inquietas, querendo ver seu monarca.

— Será que Rupert suspeita da verdade? — Perguntei.

— Não sei ao certo, doutor Watson, mas nunca se deve subestimar a astúcia do homem. Se ele não sabe agora, será apenas uma questão de tempo antes que ele descubra a verdade. E estamos ficando desesperadamente sem tempo. Em apenas dez dias, o Rei da Boêmia deve visitar nosso país em uma visita de estado. Se Rudolf não estiver presente para recebê-lo e atender as diversas cerimônias públicas relacionadas com a visita, não temos esperança de evitar que as pessoas descubram a verdade dos fatos. Seria o golpe final. Como poderia-se esperar deles que continuem sua fidelidade a um rei fraco e desmiolado que agora degenerou-se em loucura? E esperando nas alas, pronto para arrebatar seu apoio, está Rupert de Hentzau. Ah! Seria como presentear-lhe com as chaves do reino. É exatamente esse tipo de oportunidade que ele e sua equipe diabólica estão esperando, tomar o poder e trazer destruição para a linhagem Elfberg. Isto deve ser evitado a todo o custo.

Holmes moveu-se para a frente em sua cadeira, com os olhos brilhando intensamente à luz do fogo.

– Agora está claro para mim por que, quando seu país está à beira de um desastre, o senhor deixa-o para viajar para a Inglaterra. Mais uma vez deseja contratar os serviços de Rudolf Rassendyll para representar o rei, a fim de dissipar as suspeitas do povo e confundir as maquinações de Rupert.

– O senhor é tão astuto e perspicaz quanto sua reputação sugere que é, Sr. Holmes. É precisamente por isso que vim a Londres. Sabendo do amor de Rassendyll pela aventura, seu caráter honroso e seus profundos sentimentos pela Rainha Flávia, não vi nenhuma dificuldade em convencê-lo a vir em auxílio da monarquia ruritana mais uma vez.

– Sua presença em meus aposentos, no entanto, sugerem-me que encontrou alguma dificuldade em sua missão.

– Encontrei, Sr. Holmes. Rudolf Rassendyll desapareceu!

CAPÍTULO QUATRO

O SUBSTITUTO DESAPARECIDO

Sherlock Holmes ficou em silêncio por alguns momentos com as sobrancelhas franzidas e os olhos fixos no fogo. Então, com um movimento brusco, virou-se para mim, com o rosto radiante.

– Parece que finalmente chegamos a um território familiar, hein, Watson? – Ele esfregou as mãos finas e mais uma vez dirigiu-se a nosso visitante.

– Agora, coronel, sejamos mais precisos sobre isso. De que forma exatamente Rudolf Rassendyll desapareceu?

– Rassendyll vive no interior, em uma pequena aldeia chamada Langton Green, perto de Tunbridge Wells. Desci para este remanso rural e procurei sua habitação. É uma casa modesta na qual, de acordo com Fritz, ele vive uma vida reclusa com a presença de apenas um criado. Este criado, Roberts, um homem de cerca de sessenta anos, disse-me que seu mestre havia ido a Londres para passar algum tempo com seu irmão, lorde Burlesdon. Amaldiçoando a viagem perdida, voltei à cidade e fui ao endereço de lorde Burlesdon em Park Lane. Depois de alguma persuasão com vários lacaios, consegui uma entrevista com o nobre lorde, que, para ser franco, foi muito indelicado em suas atenções comigo. De uma maneira bastante brusca e improvisada, ele me informou que não era o guardião de seu irmão e que ele não havia visto ou se comunicado com Rudolf há algum tempo, nem esperava fazê-lo.

– Não sei dizer exatamente por que, mas acredito que ele estava mentindo. Estive muito tempo na vida pública para que qualquer homem me engane com mentiras descaradas. Ele estava inquieto e não havia convicção em sua voz. Ele tentou cobrir sua incerteza com arrogância e falta de interesse. Claro, não havia nada que eu pudesse fazer, exceto aceitar sua história e sair. Eis meu dilema, Sr. Holmes. Pode me ajudar?

Holmes levantou-se e começou a andar por alguns minutos, parando em um ponto para espiar por trás da cortina para a rua abaixo. Enfim, ele veio para perto de Sapt, de costas para o fogo.

– Posso ajudá-lo? Uma questão importante, coronel Sapt. Não posso usar uma varinha mágica e realizar a arte do ilusionista em sentido inverso para fazer Rassendyll aparecer do nada. No entanto, posso aplicar meu conhecimento, cérebro e experiência ao problema que certamente parece apresentar muitas características únicas. A primeira tarefa é reunir mais dados. Diga-me, Rupert sabe de sua missão?

– É altamente improvável. Só a rainha e Fritz conhecem o propósito de minha visita. Sentirão minha falta na corte, é claro, mas Rupert não pode fazer ideia de meu paradeiro. Saí do país clandestinamente e sozinho.

– Eu me pergunto – divagou Holmes lentamente e depois balançou a cabeça. – Se o homem é tão inteligente e astuto quanto nos leva a acreditar, então certamente ele não precisa ser informado de seu plano: ele deveria ser capaz de seguir sua linha de pensamento. Percebendo que Rassendyll era sua única salvação, ele tomou medidas para chegar a ele primeiro.

– Maldição, Holmes. É impossível! – Rosnou Sapt.

Holmes deu um sorriso triste.

– Não só é possível; temo que seja provável. Todos os indícios apontam nessa direção. Mas e o senhor? Já sentiu-se ameaçado de alguma forma ou sentiu que estava sendo observado desde sua chegada aqui?

Sapt balançou a cabeça.
– Não, não que eu saiba. A menos... – Ele fez uma pausa.
– Sim – retrucou Holmes –, há alguma coisa?
– Bem, nada de consequência real. É apenas uma coisa trivial.
– Minha experiência é que assuntos triviais são geralmente da maior importância. Por favor, permita-me julgar.
– Bem, é só que, quando visitei o lorde Burlesdon hoje cedo, notei uma figura estranha vadiando do outro lado da rua e, quando saí, ele ainda estava lá.
– Ele era um homem alto com chapéu xadrez, bigode de morsa, e vestia um sobretudo cinza gasto?
Os olhos de Sapt se arregalaram de espanto.
– Meu Deus, você é mágico. Como você sabe disso?
– Porque o mesmo homem está de pé em frente a estes aposentos neste momento – respondeu Holmes.
– O quê!? – Sapt disparou de sua cadeira, mas Holmes rapidamente o conteve.
– Não, coronel, não olhe. Vamos deixá-lo em sua ignorância, pensar que não temos consciência de sua vigilância. Dessa forma, ele pode ser útil para nós.
Sapt retomou seu lugar.
– O que isto significa, Holmes? – Perguntei.
– Acho que é bastante óbvio o que significa: nosso amigo aqui foi seguido por homens do conde Rupert, provavelmente desde que deixou a Ruritânia.
– Se for esse o caso – disse Sapt –, então eles saberão do objeto de minha missão e estarão preparados para fazer tudo a seu alcance para evitar que Rassendyll volte a Strelsau.
– Sob as cores de Elfberg, certamente.
– Ele nunca iria sob as cores de Rupert.
– Não por vontade própria, talvez.
– Quer dizer...?
– Que Rassendyll foi raptado pelos Azuis. Com as evidências que temos em nossa posse no momento, essa parece ser a conclusão mais provável.

Sapt parecia cabisbaixo.
— Mas Rassendyll preferiria morrer a submeter-se às demandas de Rupert — ele murmurou.
— Há mais de uma maneira de forçar um homem a fazer o que desejamos. Estamos ainda muito no escuro neste caso; precisamos de mais luz para iluminar esta situação.
— O que sugere que façamos?
— Acredito que devamos atrair a ajuda de nosso conhecido do outro lado da rua.
— Como?
Holmes fez uma pausa antes de responder.
— O senhor está hospedado no Hotel Charing Cross, não é?
— Estou, mas como é que sabe disso?
— Não é importante.
— Talvez não para o senhor, mas eu gostaria de saber.
— Muito bem. Foi uma simples dedução. O Charing Cross é um hotel popular com visitantes europeus e, no momento, existem algumas obras rodoviárias pela entrada da Villiers Street, que fizeram com que a calçada circundante fique revestida com uma camada de argila avermelhada peculiar ao distrito. Uma boa quantidade disto está aderida aos calcanhares de suas botas.
Sapt deu uma risada canina.
— Obviamente, eu vim ao homem certo para resolver meus problemas — asseverou.
A expressão de Holmes permaneceu séria.
— Veremos. Agora, coronel, sugiro que retorne a seu hotel. Não há dúvida de que, ao fazê-lo, seu seguidor chamará um cabriolé e o perseguirá. Diga seu destino de forma clara e, uma vez a bordo, dê instruções sussurradas a seu cocheiro para fazer a viagem em um ritmo calmo.
— Por quê?
— Porque enquanto estiver sendo seguido pelo "Chapéu Xadrez", Watson e eu estaremos atrás dele. — Holmes virou-se para mim. — Está de acordo, Watson?
— Certamente — disse eu.

— Bom, então não vejo nenhuma razão para o atraso. Uma vez que chegar a seu hotel, coronel, passe um tempo no saguão até ver Watson e eu chegarmos e, em seguida, retire-se para seu quarto para a noite. Entraremos em contato com o senhor de manhã e lhe daremos um relatório do progresso.

O volumoso ruritano se levantou.

— Sr. Holmes, não posso agradecer o suficiente.

— É prematuro em sua gratidão. Por enquanto, ainda não se conseguiu nada.

— Pode ser verdade, mas o senhor me deu esperança de que nem tudo está perdido.

— Estas são águas escuras, coronel, e suspeito que ainda não tocamos o fundo.

* * *

Minutos depois, Holmes, posicionado na janela, observou Sapt partir por nossa porta da frente e embarcar no cabriolé que ele pedira que esperasse por ele. O espião do outro lado da rua, que ficara descansando sob uma lâmpada de gás, esperou até que o cavalo começasse a afastar-se do meio-fio antes que se reanimasse em ação. Jogando fora o cigarro, ele correu para a rua e chamou um cabriolé.

— Venha, Watson — sibilou Holmes.

Com toda a velocidade, deixamos nossos aposentos, apressamo-nos escada abaixo e estávamos na calçada a tempo de ver o "Chapéu Xadrez" embarcar em seu cabriolé, que então seguiu o de Sapt descendo a Baker Street. Holmes espiou um terceiro cabriolé e saltou para a frente para engajá-lo. O veículo parou, mas o cocheiro olhou para nós e balançou a cabeça.

— Desculpe, senhores, mas não posso servi-los. Tenho de voltar para os estábulos em Crawford Street.

— Meio soberano a mais no fim de nossa jornada, se nos levar — ofereceu meu amigo.

O homem hesitou por um momento, mas ainda balançou a cabeça.

— Eu gostaria, chefia, mas meu cavalo já era e perdeu uma ferradura e ela precisa de atenção rápido.

Holmes deu um suspiro exasperado e girou nos calcanhares.

– Por aqui, Watson – estalou, descendo a Baker Street na direção tomada pelas duas carruagens.

Felizmente, Sapt havia seguido as instruções de Holmes e seu cabriolé progredia lentamente: consequentemente, pudemos manter os dois veículos à vista enquanto disparávamos atrás deles. Enquanto corríamos, procurei freneticamente em volta por outro cabriolé, mas não havia nenhum à vista. O vento frio chicoteava nossos rostos, sua picada gelada fez meus olhos lacrimejarem.

– Que sorte infernal! – Ofegou Holmes, suas palavras apanhadas pela brisa e levadas embora.

Imperceptivelmente, a distância entre nós e o cabriolé mais próximo aumentava.

– Não devemos perdê-lo – Holmes engasgou, novamente acrescentando uma explosão extra de velocidade, deixando-me vários metros para trás.

Quando nos aproximamos da Oxford Street, as calçadas ficaram mais movimentadas, dificultando ainda mais nosso progresso enquanto evitávamos o fluxo de pedestres que se aproximava. Em um momento, colidi com um sujeito atarracado de aparência grosseira que ficou muito irritado pelo encontro. Ele tentou agarrar-me, mas não parei e, esquivando-me de suas garras, desculpei-me por cima do ombro.

Aproximando-nos da esquina da Hardinge Street, avistamos um cabriolé esperando. Holmes saltou a bordo, deu instruções apressadas ao cocheiro e, em seguida, virou-se para me puxar para dentro. Fui jogado sem fôlego para meu assento quando o veículo saltou em movimento.

– Nada como um pouco de exercício para colocar cor nas bochechas e uma mola no passo, hein, Watson? – Comentou Holmes com uma risada seca, com o rosto exultante e perspicaz na penumbra do cabriolé.

Viramos à esquerda na Oxford Street, seguindo o cabriolé do espião. Apesar do adiantamento da hora e das condições meteorológicas desagradáveis, a via pública estava repleta de pessoas: frequentadores de teatro indo para casa, foliões noturnos em traje de noite, trabalhadores do turno e os vários e diversos desabrigados que flutuam pela grande cidade a qualquer hora. Havia grupos mal definidos de itinerantes, amontoados nas portas, envolvidos em conversas animadas.

– O animal humano é um bicho gregário por compulsão. Tem de sair e misturar-se com sua própria espécie – comentou Holmes, sem tirar os olhos do cabriolé uma centena de metros à frente de nós.

Então, uma coisa estranha ocorreu. Em vez de virar à direita no Oxford Circus e descer a Regent Street, na esteira do cabriolé de Sapt, a carruagem do espião continuou em frente.

– Certo – Holmes exclamou animadamente –, Watson, você está sozinho. Siga Sapt de volta a seu hotel e espere por mim no saguão. Devo manter-me na trilha deste homem. O fato de que ele não está seguindo Sapt pode significar que ele sente que está seguro por hoje à noite e pode seguir a trilha de manhã. Ou pode significar que seu dever terminou e ele está entregue a outra atividade. Seja qual for a razão, se eu continuar atrás dele, ele pode me levar a Rassendyll.

Nosso cabriolé abrandara para um arrastar enquanto negociava o Oxford Circus, permitindo-me saltar para fora sem dificuldade.

– Tome cuidado, Holmes – eu disse quando aterissei na calçada no lado mais distante da rotatória. Ele me deu um breve aceno em resposta. Antes de virar-me para pegar a trilha de Sapt, observei o cabriolé de Holmes por alguns momentos antes de ele ser engolido pela noite.

CAPÍTULO CINCO

O HOTEL CHARING CROSS

C ruzei a Oxford Street e corri para a Regent Street. Foram apenas alguns segundos antes que eu conseguisse engajar um cabriolé para seguir o coronel Sapt de volta para o Hotel Charing Cross.

Sentei-me no recesso escuro da cabine com a emoção da aventura mais uma vez em meu coração e deixei minha mente vagar sobre os detalhes do estranho caso em que Holmes e eu tínhamos nos envolvido. Dei um sorriso irônico enquanto me lembrava de como, no início da noite, eu tentava, sem muito sucesso, persuadir Holmes a sair de sua melancolia com testes insignificantes de dedução e, agora, apenas algumas horas mais tarde, cada um de nós viajava através de Londres seguindo fios separados de um mistério muito importante e perigoso.

Quando meu cabriolé se aproximou do Piccadilly Circus, a carruagem de Sapt estava em clara vista à frente de mim e assim permaneceu durante os dez minutos antes de chegarmos a nosso destino. O Hotel Charing Cross é um grande e impressionante edifício de estilo renascentista francês de frente para a Strand, uma parte integrante da grande estação ferroviária, um dos portões de Londres para o continente. Meu cabriolé parou bem a tempo para eu ver Sapt pagar seu cocheiro e passar pelos portais do hotel. Segundos depois, fiz o mesmo.

Aproximava-se agora da meia-noite, mas o saguão estava lotado e barulhento. Uma multidão de pessoas desfilavam em várias direções. Alguns registravam-se, enquanto outros saíam, obviamente, com a intenção de provar alguns dos prazeres mais duvidosos a serem obtidos na cidade a esta hora tardia. Alguns hóspedes descansavam tranquilamente em confortáveis poltronas lendo, desfrutando de uma bebida ou da última fumada do dia.

Por entre o movimento e o burburinho, logo avistei Sapt. Ele havia tomado um dos jornais da tarde da mesa e sentado-se em uma posição proeminente perto do elevador. Eu poderia dizer que o conteúdo do jornal não o interessava; foi um mero artifício para usar enquanto ele furtivamente inspecionava a sala. Por fim, seu olhar caiu sobre mim e nossos olhos trocaram sinais de reconhecimento. Vi por sua expressão que estava intrigado com a ausência de Holmes, seus olhos procurando a sala em vão e, em seguida, retornando a mim. Tentei dar-lhe a garantia de que tudo estava bem aparentando estar completamente à vontade. Ele pareceu sentir o que eu queria dizer e, depois de um tempo, quando o tráfego humano no saguão havia diminuído, Sapt descartou o jornal, realizou alguns gestos exagerados de bocejo para meu benefício para indicar que ele se retirava para a noite, obteve sua chave da recepção e fez o caminho até o elevador. Ao entrar, ele me deu um breve aceno de reconhecimento antes que a porta do elevador se fechasse.

Não havia nada para eu fazer além de sentar e aguardar a chegada de Sherlock Holmes. Eu sabia que poderia ter uma longa espera em minhas mãos já que não havia nenhuma maneira de dizer onde o rastro do espião o levara ou em que proeza ele havia se envolvido. Percebi a futilidade da suposição, então tentei, com o melhor de minha capacidade, excluir algumas contemplações de minha mente.

Era pouco depois das duas da manhã quando meu amigo enfim apareceu. Naquela hora, o saguão estava quase deserto, exceto por alguns convidados acenando e a equipe noturna. Eu havia me mudado para uma das poltronas e examinava as páginas de um jornal da noite, pela centésima vez, quando Holmes entrou no hotel. Seu rosto estava corado e seus olhos estavam ansiosos com entusiasmo. Presumi que suas aventuras haviam atingido certo grau de sucesso.

Ele puxou uma cadeira para perto da minha.

– Tudo vai bem, imagino? – Disse ele em um sussurro.

Eu balancei a cabeça.

– Não encontrei problemas. Mas e você? Onde é que o "Chapéu Xadrez" o levou? Será que estamos mais perto de resolver o mistério? Você sabe onde está Rassendyll?

Sua resposta foi improvisada e acompanhada por um gesto de desprezo.

– Haverá tempo para tais detalhes mais tarde – ele disse e virou-se para vasculhar a sala.

Era um dos traços mais irritantes de Holmes que ele guardaria informações vitais para si mesmo até que lhe conviesse revelá-las, geralmente em um momento em que ele poderia criar o efeito mais dramático. Era muito frustrante, muitas vezes levando-me a agir sem saber a razão. No entanto, eu sabia por experiência que não havia nenhum motivo para desafiá-lo nesta questão. Se ele queria ser um molusco, não havia valor em abri-lo.

Ele se virou para mim.

– Sapt foi para o quarto?

Eu reconheci que sim.

– Nenhum sinal de vigilância – ele franziu a testa.

– Esperava algum?

– Não tenho certeza – ele respondeu de uma forma um tanto preocupada.

Depois de pensar por um momento, ele falou de novo:

– Bem, Watson, temo que teremos de perturbar o sono do coronel. Tenho uma pergunta muito importante a fazer-lhe a respeito de um menino.

– Um menino?

Holmes não respondeu.

Sapt tinha-nos dito mais cedo em nossos aposentos da Baker Street que ele estava ocupando uma pequena suíte no terceiro andar, para onde Holmes e eu agora dirigíamo-nos. Pegamos o elevador e logo nos encontramos em um corredor mal iluminado fora do quarto de Sapt. Holmes bateu de leve na porta. Esperamos alguns momentos, mas não houve resposta.

– Profundamente nos braços de Morfeu – sugeri. Holmes bateu mais alto.

– Ele deve ter o sono pesado se isso não o despertou – ele comentou.

– E agora?

– Não há o que fazer, senão efetuar uma entrada. – Dizendo isso, ele produziu um pequeno comprimento de arame do bolso do colete e aplicou-o no buraco da fechadura. Holmes mencionara mais de uma vez no passado que, se ele não houvesse virado suas atenções para a detecção do crime, ele teria se tornado um perito arrombador. Aqui estava a prova de fato, pois dentro de segundos, houve um clique decisivo e Holmes girou a maçaneta e abriu a porta.

Entramos na sala escura. O luar pálido filtrava-se através de uma janela na extremidade distante, mas era somente suficiente para medirmos a geografia rústica da câmara.

Vi o brilho de um interruptor de luz elétrica e fiz sinal para usá-lo, mas Holmes me impediu. Das dobras de seu sobretudo ele extraiu sua lanterna de bolso e acendeu-a. Ele direcionou a luz em volta, revelando uma pequena, mas elegante, sala de estar. A luz finalmente repousou em uma porta no canto mais distante.

– O quarto – sussurrei. – Por isso Sapt não ouviu sua batida.

Sem comentário, Holmes dirigiu-se rápida e silenciosamente para a porta. Quando entramos, fiquei imediatamente ciente do cheiro de fumaça de charuto. As cortinas estavam fechadas e o quarto estava em escuridão total, salvo pelo dedo amarelo investigador da lanterna de Holmes. Finalmente, a luz caiu sobre a cama. Lá estava Sapt, a cabeça protuberante nas cobertas.

No entanto, a expressão que seu rosto vestia gelou-me até a medula. Seus olhos estavam bem abertos com um olhar assustado e fixo e sua boca estava aberta no que parecia ser um grito silencioso.

Holmes correu para o lado da cama, tocando rapidamente a testa de Sapt, antes de puxar as cobertas para exibir o coronel inteiramente vestido com as roupas que usara em nossa companhia mais cedo naquela noite. Mas o que prendeu a atenção e me fez ofegar alto era que, saindo de seu peito, estava o punho de uma adaga ornamentada em torno da qual uma mancha vermelho-escuro espalhava-se para fora.

– Assassinado – resmunguei em um sussurro rouco e horrorizado.

Holmes deu um aceno de cabeça sério e, com um suspiro de desânimo, balançou a luz da lanterna ao redor da sala, finalmente trazendo-o de volta ao resto do corpo inerte. Foi só então que notei um pequeno objeto no centro da palma da mão aberta de Sapt.

Era uma única, pequena flor.

– A búgula azul – disse Holmes solenemente.

Permanecemos lá com o coração amargo, momentaneamente oprimidos por este golpe súbito e devastador para nossas investigações.

– Eles foram inteligentes e rápidos demais para nós – murmurou Holmes, seu rosto escurecendo com raiva enquanto ele olhava para o cadáver ensanguentado do coronel Sapt. – Eu deveria ter garantido que ele estivesse sob estreita vigilância o tempo todo.

Eu sabia que ele estava dirigindo sua fúria tanto contra si mesmo, pelo que ele considerava como seus defeitos, quanto contra nossos protagonistas.

– Não havia maneira de prever este trágico desfecho – assegurei-lhe.

Holmes sacudiu a cabeça e deu um suspiro pesado.

– Eu sei que tem boa intenção, velho amigo, mas está errado. Eu deveria ter impedido isto.

Antes que eu tivesse a chance de responder, ele me entregou a lanterna de bolso.

– Segure isto para mim, está bem, enquanto faço um breve exame da sala.

Enquanto eu dirigia a luz seguindo suas instruções, Holmes moveu-se ao redor do quarto, inspecionando várias partes com sua lupa. Tão rapidamente foi levada a cabo que dificilmente se adivinharia a minúcia com que foi conduzida.

– Há pouco a aprender aqui, exceto que nosso assassino era certamente um cliente tranquilo – disse ele, por fim, segurando um pequeno cinzeiro. – Parece que ele apreciou uma fumada depois de seu crime insensível. – Ele suspirou mais uma vez. – Bem, Watson, o primeiro round é de Rupert e seus homens, mas a batalha está longe de terminar. Você está comigo para mais aventuras esta noite?

– Claro.

– Bom homem. Está armado?

Apresentei minha pistola em resposta.

– Mantenha-a à mão – ele instruiu. – Pode precisar dela antes que a noite acabe.

CAPÍTULO SEIS
UM AMANHECER LONDRINO

Os tons claros e lúgubres do Big Ben marcando três horas soaram sobre a cidade adormecida. O vento agora cessara e o ar da noite estava imóvel. Holmes e eu estávamos mais uma vez abrigados em uma carruagem percorrendo as ruas silenciosas de Londres. Já se passara algum tempo depois de nossa partida rápida e discreta do Hotel Charing Cross. Deixáramos o quarto de Sapt imperturbável como o havíamos encontrado.

– Dar o alarme só nos atrasaria e seriamente prejudicaria nossas investigações – Holmes explicara. – Não há nada que possamos fazer pelo coronel agora. Nada além de vingar seu assassinato e completar a tarefa que ele deixou em nossas mãos.

Enquanto nosso cabriolé movia-se pelas ruas desertas, mal iluminadas por lâmpadas de gás dançantes e o luar que aparecia em um céu nublado, sentia, para meu cérebro cansado, como se andássemos em uma paisagem de sonho. Os perfis obscuros de edifícios familiares, as vias silenciadas e o peculiar passo em staccato do cavalo davam um ar de irrealidade à viagem.

– Está tudo bem, Watson? – Perguntou meu amigo bruscamente.

– Sim – respondi, sacudindo minha imaginação sedutora. – Mas diga-me, Holmes, para onde estamos indo?

– Perdoe-me, Watson, eu deveria ter lhe contado antes. Não era minha intenção mantê-lo no escuro. Eu simplesmente estava preocupado com meus próprios pensamentos. Agora estamos refazendo minha viagem de mais cedo esta noite. Depois de deixá-lo no Oxford Circus, meu cabriolé continuou na trilha do "Chapéu Xadrez". Viajamos para leste para Stepney e para a Mile End Road. Pouco antes de ela se transformar em Bow Road, viramos à direita para a Burdett Road. Cerca de trezentos metros abaixo, nosso amigo veio a parar.

Holmes deu uma risada seca.

– O "Chapéu Xadrez" desconhecia minha presença. Tão relaxado e confiante estava ele que deu um alegre "boa noite" ao cocheiro. Ele, então, entrou em uma modesta vivenda isolada, número 104. As cortinas estavam fechadas na janela do andar inferior, mas eu podia observar fendas de luz brilhante através da fresta estranha, indicando que havia outros na casa: outros envolvidos na conspiração.

– Em uma investigação mais aprofundada, descobri um pequeno caminho que corria atrás da fileira de casas. Indo até lá, pude escalar um muro para o quintal do número 104. O jardim estava negligenciado e crescido, e a parte traseira da casa estava às escuras. Eu não poderia, é claro, acender minha lanterna, por medo de ser detectado. Eu estava prestes a ir para o lado quando, como por sorte, vi um brilho de luz a meus pés. Foi então que pude ver uma grade coberta com ervas daninhas e gramíneas situada logo acima de uma pequena janela de porão.

– Minha visão era prejudicada pela folhagem e a sujeira na vidraça, mas o que eu vi fez meu coração disparar. Lá no porão estava uma mulher segurando um candelabro, a fonte da iluminação. Ela parecia inspecionar algo no chão. Enquanto ela se movia pelo local, derramando mais luz em minha direção, pude observar que o objeto de seu interesse era o corpo de um jovem rapaz. Ele estava deitado em uma cama improvisada de sacos de estopa. No começo eu pensei que o menino estava morto, mas, em seguida, ele se mexeu em seu sono. Depois de inspecionar o menino por alguns momentos, a mulher saiu, mergulhando a sala na escuridão mais uma vez.

– Quem diabos é o menino?

– Tenho minhas suspeitas, mas até que eu tenha mais dados, prefiro não divulgá-las.
– Esperava que Sapt poderia dizer-lhe.
– Não exatamente, mas ele poderia ter confirmado o que eu suspeito.
– O que fez depois?
– Rastejei para a frente da casa e espiei por uma das frestas nas cortinas fechadas. Meu ponto de vista era limitado, mas podia ver que era uma sala mal mobiliada. O "Chapéu Xadrez" estava lá, deitado em uma espreguiçadeira, bebendo gim e conversando com outro homem, cujo rosto eu não podia ver, embora ele parecesse vestir um tipo de uniforme azul-claro. A mulher que eu havia visto no porão juntou-se a eles e eles conversaram amigavelmente por algum tempo. Eu não conseguia ouvir o que diziam, mas eu captei dois nomes que eles mencionaram mais de uma vez. Um era Sapt.
– E o outro?
– Holstein.
Eu balancei a cabeça.
– Isso não significa nada para mim.
– Nem para mim, neste momento. É um nome a guardar. Depois de um tempo o trio fez menção de retirar-se para a noite. Pelo que pude perceber, o "Chapéu Xadrez" tinha alguma relação com a mulher. Pouco antes de sair do quarto, ele veio até a janela. Joguei-me no chão e empurrei-me contra a parede quando ele puxou a cortina para inspecionar a rua. Ele estava, eu imagino, verificando se tudo estava bem antes de se retirar. Felizmente, eu conseguira sair de vista antes que ele me visse. Pouco depois, a porta foi trancada e a luz apagada. Percebi que eu colhera tanto quanto podia por enquanto, então encaminhei-me de volta ao hotel.
– O que significa tudo isso?
– Deixando de lado a presença do menino no porão por enquanto, parece que a casa está sendo utilizada como sede dos Azuis enquanto eles estão em Londres. Como eu suspeitava, eles seguiram Sapt desde a Ruritânia, estabelecendo-se em um imóvel alugado aqui enquanto eles se empenhavam em capturar Rassendyll e assassinar

Sapt. É muito menos suspeito se o confidente do rei for morto longe de Strelsau, permitindo, assim, que nenhum traço de culpa seja ligado a Rupert e seus camaradas.

– E Rassendyll? Acha que eles o esconderam na casa?

– Acredito firmemente que os Azuis o têm em suas garras, mas, se minhas deduções estiverem corretas, ele não está na casa, mas neste momento em seu caminho de volta ao continente com o assassino de Sapt.

– Pelo que nos foi dito sobre Rassendyll, ele preferiria morrer a render-se às suas demandas. Como ele poderia ser obrigado a ir?

– O menino é a isca.

Meu rosto deve ter traído minha perplexidade com sua resposta, pois Holmes me deu um leve sorriso e um tapinha no braço.

– Explicarei tudo no devido tempo, mas agora, Watson, aproximamo-nos de nosso destino.

Estivera tão absorto na narrativa de Holmes que eu não percebera como o cenário mudara dos edifícios nobres e altos da cidade de Londres para os imóveis decrépitos e mais desgastados do East End. Ao comando de Holmes, o cabriolé dobrou na Burdett Road. Eu ainda estava incerto do que o plano de ação de Holmes envolvia. Será que ele sugeriria que invadíssemos a casa por conta própria e tentássemos capturar os moradores?

Pouco tempo pela rua, Holmes deu instruções ao cocheiro para parar e esperar por nós. Silenciosamente, descemos a rua deserta, até que chegamos ao número 104, uma silhueta irregular escura contra o mais pálido céu banhado pela lua.

– Agora, Watson – disse Holmes em voz baixa –, ficarei de guarda aqui. Quero ter certeza de que nenhuma destas aves voe da gaiola até que retorne com reforços. A não ser que a memória me falhe, nosso velho amigo Gregson está de plantão até tarde na Yard este mês. Diga a ele que precisamos de seus serviços e de cerca de meia dúzia de homens capazes. Vá agora. Qualquer atraso põe em risco o sucesso deste empreendimento.

* * *

A pálida luz cinza do amanhecer vazava pelo céu quando eu mais uma vez me aproximei da Burdett Road. Agora eu estava acompanhado do inspetor Tobias Gregson, da Scotland Yard, que, com a eficiência e o profissionalismo que haviam feito Holmes chamá-lo de "o mais inteligente da Scotland Yard", agira com presteza louvável. Seguindo atrás de nosso cabriolé estava um veículo policial disfarçado de carroça de comerciante e contendo seis policiais.

Paramos a certa distância rua acima do número 104. Gregson instruiu seus homens a permanecerem em silêncio e fora da vista enquanto ele consultava Holmes, cuja magra figura avistamos ainda em guarda perto da entrada.

– Ainda bem que pôde vir, Gregson – meu amigo disse calorosamente quando os dois apertaram as mãos.

– Devo admitir, Sr. Holmes, eu nunca soube que o senhor levantesse um alarme falso no passado, mas espero que tenha uma boa razão para esta pequena excursão. – O policial alto, de cabelo cor-delinho, inclinou a cabeça em a direcção à carroça policial.

– Certamente que tenho, Gregson. Haverá tempo para detalhes completos mais tarde, mas basta dizer que os ocupantes da casa são anarquistas estrangeiros, que já foram responsáveis pelo assassinato de um dignitário visitante da corte ruritana.

O rosto pálido do detetive oficial relaxou brevemente em um sorriso maroto.

– Muito bem, Sr. Holmes. Qual é seu plano de ação?

– Posicione seus homens na frente e atrás da casa para impedir que alguém escape, enquanto Watson, o senhor e eu forçamos a entrada. Eles têm um rapaz cativo no porão e é ele, acima de tudo, quem devemos proteger.

Gregson estava bastante familiarizado com os métodos de meu amigo para agir sob suas instruções, sem mais perguntas. Alguns minutos mais tarde, com o amanhecer agora levantando o véu escuro da noite da rua suja, estávamos prontos para nos mover.

– A porta da frente está trancada, então vamos ter de fazer uma entrada um pouco desajeitada pela janela – disse Holmes, pegando uma grande pedra do jardim. Ele atirou-a pela janela lateral, que quebrou com o impacto. Quebrando os cacos de vidro irregulares ainda protuberantes da armação com as coronhas de nossas pistolas, escalamos para dentro da casa escura.

O ruído de nossa entrada já havia alertado os habitantes. Gritos abafados e movimentos apressados podiam ser ouvidos do andar de cima. Com Holmes liderando o caminho, apressamo-nos da sala de estar para o corredor e, quando chegamos à base da escada, uma figura apareceu no patamar. Faíscas amarelas voaram de sua mão levantada, seguidas pelo som de um tiro. Senti a bala zunir ao lado de minha cabeça e ricochetear na parede atrás de mim.

Holmes retornou o fogo. A figura deu um grito agudo de dor e agarrou seu ombro direito antes de se retirar para as sombras. Lentamente, subimos a escada, e Holmes parou com uma mão levantada quando chegamos ao pouso. Embora a luz da manhã lutasse para entrar na casa, o alto da escada estava banhado em melancolia.

De repente, houve um ruído a nossa direita e, em seguida, um outro tiro foi disparado. Gregson deu um suspiro, caiu de joelhos e contra a parede. Quando viramos nossa atenção para ele, pareceu que do nada veio a figura de uma mulher frenética. Com um grito de fúria, ela se lançou em Holmes. Tal foi a surpresa e ferocidade de seu ataque que ele não teve chance de se proteger e, na luta que se seguiu, a arma foi derrubada de sua mão para o chão.

Eu estava momentaneamente hipnotizado pelo ataque desta diaba. Seus dedos, como as garras cruéis de um pássaro gigante, arranharam o rosto de Holmes, esforçando-se para rasgar e dilacerar. Agarrando-lhe os pulsos, ele conseguiu mantê-los a distância, mas, enquanto lutava com ela, os dois caíram contra o corrimão, que emitiu um gemido sinistro com o impacto. Fui sacudido de minha paralisia temporária pelo som de outro tiro do lado de fora. Vislumbrei o "Chapéu Xadrez" esquivando-se de uma sala para outra pelo corredor a nossa direita. Mirei na figura fugitiva, mas ele fundiu-se com a escuridão antes que eu pudesse disparar.

Holmes ainda estava às voltas com a mulher. Ela era como uma criatura possuída, com suas garras cortando o ar, as unhas afiadas atacando perigosamente próximo dos olhos de Holmes. Já havia um rastro de sangue escuro por sua bochecha direita. Enquanto lutavam, ela gritava, cuspindo uma série de palavrões negros. Mais uma vez, eles colidiram contra o corrimão que inchou-se para o exterior com seu peso e, em seguida, com uma sequência de gemidos queixosos, ele balançou, lascou, rachou e, em uma explosão de serragem, cedeu. Ambos os corpos ficaram na beira, parecia que quase imóveis por um tempo, antes de começarem sua queda para a sala abaixo.

Saltei para a frente e tentei agarrar Holmes. Meus dedos seguraram um punhado de seu casaco, puxei-o violentamente, empurrando-o para trás, para o patamar antes que seus pés perdessem a aderência. No entanto, a mulher, que em terror havia abandonado sua detenção de Holmes, agora agarrava freneticamente o ar, com os braços balançando em desespero selvagem. Ela deu um grito aterrorizado e caiu da borda, seu corpo mergulhando abaixo, fazendo movimentos de natação de pesadelo antes que caísse no chão.

– Obrigado, Watson – disse Holmes, um pouco sem fôlego quando ele se firmou. Depois de recuperar a arma, ele voltou sua atenção para a figura caída do homem da Scotland Yard. Gregson estava consciente e segurando o joelho, um fio de sangue escorrendo por entre os dedos. Agachando-me no degrau mais alto, examinei seu ferimento.

– Não se preocupe comigo agora, Watson – ele grunhiu. – Vou viver.

– Consegue se mover? – Perguntei.

– Só com alguma dificuldade – ele fez uma careta, mudando de posição ligeiramente.

Holmes ajoelhou-se a meu lado.

– É melhor se nós o deixarmos aqui, Gregson, até que lidemos com nossos outros dois amigos.

– Claro. Tenho minha arma. Posso atuar como sentinela. Ninguém passará por mim.

Antes que mais nada pudesse ser dito, nossa atenção foi tomada por um som repentino atrás de nós. Quando me virei, vi dois vultos escuros prestes a lançarem-se contra nós. O "Chapéu Xadrez" deixou voar sua bota na figura ajoelhada de Holmes, mas ele, com grande destreza, esquivou-se de lado e apertou os dedos no pé do assaltante. Com uma torção aguda e um puxão, Holmes lançou seu atacante, com a cabeça primeiro, escada abaixo.

Enquanto isso, Gregson, encontrando-se preso contra a parede, havia usado a arma para o outro sujeito, que cambaleara para trás, segurando o peito, antes de cair no chão, morto.

O "Chapéu Xadrez" rapidamente recuperou-se de sua queda e estava em retirada.

– Ele não deve chegar ao menino – Holmes gritou, saltando escada abaixo. Eu o segui em perseguição.

Ao chegar à porta do porão, o "Chapéu Xadrez" virou-se e disparou descontroladamente em nossa direção, parando-nos no caminho, enquanto nos atiramos contra a parede para evitar as balas ricocheteando.

Este atraso deu a nosso adversário tempo suficiente para atirar-se ao porão e bater com a porta, fechando-a. Holmes, com velocidade elétrica, lançou-se na porta antes que pudesse trancá-la no interior.

Tal foi a força de sua ação que a porta se abriu, colidindo com o "Chapéu Xadrez" do outro lado. O vigor do golpe foi suficiente para desequilibrá-lo, fazendo-o cambalear para trás descendo os degraus do porão. Apenas ao segurar o corrimão para apoiar-se é que ele foi capaz de manter a posição ereta.

Ao chegar ao fundo, ele se firmou e olhou ao redor da sala sombria antes de apontar sua pistola. Mas seu alvo não era Holmes ou eu, seus perseguidores, mas a forma sombria amontoada em sacos de estopa do outro lado do porão. Houve um brilho intenso do revólver de Holmes e o "Chapéu Xadrez" cambaleou, seu olhar caindo sobre nós, antes de seus olhos revirarem para cima e ele cair no piso de pedra.

Quando chegamos perto dele, vi na fraca luz cinzenta que ele havia dado seu último suspiro.

– Bem, pelo menos Sapt foi vingado – eu disse baixinho. Holmes não fez nenhum comentário, mas atravessou correndo para inspecionar a figura inerte do menino. Ajoelhando-se perto dele, meu amigo virou o rosto do jovem para o lado: a aparência era lisa e pálida, com exceção da mancha escura de uma contusão na bochecha direita. As pálpebras agitaram-se irregularmente, mas mantiveram-se fechadas.

– Drogado, você diria, Watson?

Eu tomei o pulso do rapaz e, levantando as pálpebras, examinei as pupilas.

– Sim – eu disse. – Ele está muito fortemente sedado, mas nada pior do que isso.

– Graças aos céus. – Holmes olhou para o cadáver ao pé da escada. – Que banho de sangue – comentou em voz baixa, como se falasse consigo mesmo. Ficou em silêncio por um momento e, em seguida, virou-se para mim, seu rosto abatido e preocupado. – Podemos ter salvo o menino e vingado Sapt, Watson, mas ficamos sem quaisquer prisioneiros que poderiam ter nos fornecido informações vitais para ajudar em nossa busca. Agora somos deixados por conta própria para desvendar a próxima pista neste caso complicado.

CAPÍTULO SETE

UM REENCONTRO FAMILIAR

A vida nunca era tediosa, compartilhando-a como eu o fazia com o principal detetive consultor de nosso tempo, mas quando Holmes e eu estávamos em um caso, eu parecia submeter-me a uma elevação dos sentidos, tanto que eu sentia, por vezes, que era impulsionado para uma dimensão diferente. Havia nisso uma qualidade de sonho, ainda assim todas as apreensões ficavam cristalinas, os nervos ficavam mais aguçados e o cérebro funcionava em um ritmo mais rápido. Acho estranho relatar que eu nunca anteriormente fiz referência a essa sensação durante o registro das muitas outras aventuras que meu amigo e eu compartilhamos, mas acredito que ela em grande medida afetou minha narração delas. É esse elemento em suas crônicas, o ambiente romântico, como ele o chamava, que fazia Holmes ridicularizar e condenar meus esforços literários.

Em uma ocasião ele foi contundente em suas críticas.

– Você degradou o que deveria ter sido um ciclo de palestras em uma série de contos. Você errou, talvez, na tentativa de dar cor e vida a cada uma de suas declarações, em vez de limitar-se à tarefa de colocar no registro aquele raciocínio sério de causa e efeito que é realmente a única característica notável sobre a coisa.

O "raciocínio sério", sua *raison d'être*[3], era tão altamente sintonizado que às vezes ele não conseguia observar as consequências dramáticas de suas investigações. Eu não era culpado de dar "cor e vida" a elas; elas já estavam lá. Sherlock Holmes era um animal cerebral, e era sua mente que era estimulada por suas investigações. Ele não percebia o despertar à vida como eu o fazia quando o jogo estava em andamento, e nunca experimentei isso com maior intensidade do que no caso Hentzau. Depois daquela corrida tempestuosa de cabriolé até o Hotel Charing Cross, um evento surpreendente parecia desabar após o outro. Recordando o caso, como faço agora com humor sóbrio e tranquilo, ainda posso reviver algo daquele entusiasmo de acelerar o coração e do turbilhão inebriante de perigo que senti então.

Várias horas depois de nossa dramática aventura no East End, Holmes e eu estávávamos de volta mais uma vez nos ambientes familiares de nosso apartamento na Baker Street. O inspector Gregson fora levado para tratamento no hospital da polícia, enquanto três cadáveres foram transportados para o necrotério da Scotland Yard. O menino fora trazido de volta à Baker Street conosco. Holmes persuadira Gregson a deixar o menino permanecer sob nossa custódia por enquanto, e o detetive oficial estivera demasiado cansado para levantar qualquer objeção. O jovem, ainda em um estado de estupor drogado, foi colocado sob os cuidados carinhosos de nossa governanta, a Sra. Hudson, que fez uma cama para ele em sua sala de estar no andar de baixo.

Desde que chegáramos de volta a nossos aposentos, eu tentara descansar um pouco para me recuperar após os esforços de nossas façanhas e a perda de uma noite de sono, mas Holmes não mostrou sinais de fadiga. Ele mergulhara com furor em uma série de tarefas: realizou com seu microscópio e lupa um exame atento de algumas roupas exteriores do menino e de itens recolhidos do quarto de Sapt, enviou um par de telegramas, consultou o *Burke's Peerage*[4] e o *Thomas*

---

3 Nota do tradutor: francês, "razão de existir".

4 Nota do tradutor: famoso livro de genealogia.

Cook Continental Timetable[5], emitindo grunhidos satisfeitos enquanto o fazia, e se debruçou sobre um mapa da Europa central. Eu sabia que sua mente estava muito envolvida com seus próprios pensamentos para eu incomodá-lo com perguntas sobre vários pontos que ainda me escapavam.

Foi só às dez horas, após o consumo de um bom desjejum, que ele atirou-se em sua cadeira perto do fogo e acendeu o cachimbo.

– Se tudo correr bem – disse ele, esticando suas longas pernas na frente do fogo –, um ou dois aspectos inconclusivos deste caso devem ser esclarecidos de forma satisfatória ao meio-dia. Até lá, um tranquilo cachimbo e alguns minutos de repouso.

Sem outra palavra, ele se inclinou para trás, o velho cachimbo entre os lábios, os olhos fixos em meditação sobre o canto do teto, a fumaça azul enrolando-se nele. Silencioso e imóvel, ele ficou sentado com a luz da manhã brilhando sobre suas feições firmes e aquilinas. Assim ele permaneceu enquanto eu mergulhei no sono, só para ser despertado por uma batida suave na porta e o aparecimento de nossa senhoria.

– O jovem rapaz está agitado, Sr. Holmes. Talvez seja melhor o senhor e o doutor Watson atenderem-no.

Acompanhamos a Sra. Hudson até sua sala de estar aconchegante, onde o jovem estava deitado em um sofá, coberto com vários cobertores. Ele era um menino de boa aparência, de cerca de dez anos, com traços fortes e uma rica safra de cabelo castanho. Ele estava no processo inicial de arrastar-se de seu sono induzido por drogas. As pálpebras franzidas piscavam erraticamente enquanto ele lutava para ter consciência.

– Este é seu departamento, Watson – disse Holmes, ficando de lado para permitir-me examinar o menino.

– O pulso está ficando mais forte – eu pude dizer imediatamente. – Se ele pudesse tomar um pouco de *café noir*[6], isso aceleraria o processo.

---

5   Nota do tradutor: livro com horários de trens europeus.

6   Nota do tradutor: francês, "café preto".

– Ah, eu providenciarei isso, doutor – disse a Sra Hudson. – Já faz algum tempo que tive uma pequena tarefa da qual cuidar.

Holmes deu um largo sorriso.

– Devemos acrescentar anjo receitador a todas suas outras excelentes qualidades. Eu acho, Watson, que podemos deixar os cuidados nas mãos capazes da Sra. Hudson. Na verdade, eu suspeito que estejamos nesse caminho.

A Sra. Hudson deu a Holmes um de seus olhares: uma mistura de diversão e indignação. Ela tinha o maior respeito e afeto pelo inquilino boêmio, mas isso não a impedia, ocasionalmente, de emitir sua desaprovação.

– Fora com vocês dois – disse ela, enxotando-nos da sala.

– Como sabe, não sou um admirador do sexo feminino em geral – admitiu Holmes quando havíamos retornado a nosso canto –, mas a Sra. Hudson é a exceção para provar minha regra. Ela é, sem dúvida, um modelo feminino.

Antes que eu pudesse concordar com esse sentimento, houve um distúrbio na escada fora de nossa sala, seguido pela porta sendo aberta repentinamente. Enquadrado na abertura estava um homem alto e bem constituído, vestido formalmente de sobrecasaca e carregando uma cartola. Ele deu um passo para dentro do quarto, olhando de um para o outro, antes de descansar seu olhar atormentado em meu companheiro.

– Onde ele está? – Gritou o intruso. Avançando ainda mais para dentro do quarto, ele repetiu a pergunta com crescente fúria.

Holmes levantou-se e, antes que nosso visitante pudesse reagir, agarrou-o pelo braço e levou-o para uma cadeira ao lado da lareira. O rosto de nosso visitante era amplo e bonito, mas com os sinais de noites sem dormir e de preocupação, nublado com confusão, o fogo da ira morrendo em seus olhos injetados de sangue para ser substituído pela ansiedade perturbadora. Enquanto sentava-se, ele procurou dentro de seu casaco e produziu um telegrama amassado que ele acenou para meu amigo.

– Qual é o significado disto? – Ele gritou, mas a esta altura sua voz havia perdido seu estilo bombástico e tremia em desespero.

Holmes pegou o telegrama e jogou a mensagem para mim. Ele dizia: NICHOLAS ESTÁ SEGURO. SHERLOCK HOLMES, 221B BAKER STREET.

– Posso assegurar-lhe, lorde Burlesdon, que o telegrama não é nenhuma farsa; seu filho está perfeitamente seguro e será restaurado ao senhor logo.

Burlesdon encostou-se de volta na cadeira com um soluço.

– Graças a Deus – ele proferiu. – Graças a Deus.

– Watson, penso que o lorde gostaria de um conhaque.

Eu administrei rapidamente o restaurador a nosso visitante, que segurou o copo com agradecimentos ansiosos e bebeu o líquido âmbar em um único gole.

– Devo pedir desculpas – disse ele – por meu comportamento um tanto inconveniente, mas minha esposa e eu estamos sob a mais intolerável tensão desde que todo esse negócio miserável começou.

– Eu entendo muito bem – disse Holmes –, e eu realmente asseguro-lhe que seu filho Nicholas está seguro, sem ferimentos, exceto por alguns hematomas, e está neste momento recuperando-se de um sono drogado.

O rosto desfigurado de lorde Burlesdon enrugou-se com um misto de emoções. Seus olhos se encheram de lágrimas enquanto sua boca dividiu-se em um largo sorriso.

– Não sei como lhe agradecer.

– Respondendo a algumas perguntas e esclarecendo alguns pontos – respondeu Holmes duramente, mais uma vez assumindo o manto do pensador desapegado.

– É claro – respondeu lorde Burlesdon.

– Tenho a visão geral das etapas relativas à abdução de seu filho. Se eu lhe contar os fatos como eu os entendo, faria-me o favor de corrigir quaisquer equívocos e fornecer quaisquer detalhes que faltem...?

Nosso visitante assentiu.

Holmes recostou-se na cadeira e juntou os dedos.

– Alguns dias atrás seu filho desapareceu. Mais tarde, foi informado de que ele fora sequestrado. Um representante dos sequestradores veio ao senhor pedindo uma entrevista com seu irmão, Rudolf Rassendyll, que estava na cidade para visitá-lo. Era de sua cooperação que os sequestradores necessitavam para que seu filho fosse devolvido com segurança. Rassendyll, claro, concordou, sem dúvida com relutância, com suas demandas e saiu com o sequestrador. Disseram-lhe que seu filho seria libertado depois que Rassendyll tivesse realizado sua tarefa, mas até lá o senhor teria de permanecer em silêncio sobre o paradeiro de seu irmão e a situação de seu filho, caso contrário, não os veria de novo.

O queixo de lorde Burlesdon caiu com espanto.

– Isso está absolutamente correto, Sr. Holmes, mas como diabos sabe?

– Através de uma série de deduções e observações com base nos dados já em minha posse, mas isso é irrelevante. Que detalhe, se houver, que pode adicionar aos fatos já apresentados?

– Muito pouco. Tudo aconteceu como descreveu. Recebemos a visita de um agente dos sequestradores...

– Descrição?

– Um homem alto, mais de um metro e oitenta, com um jeito rígido militar. Ele usava um grande chapéu que cobria bem baixo o rosto, então não posso dar um relato preciso de suas feições. Para dizer a verdade, minha cabeça estava muito distraída de preocupação com Nicholas para eu prestar muita atenção. Ele tinha barba cheia e preta, que pode ter sido falsa, pelo que sei. – Ele fez uma pausa, contraindo as sobrancelhas, tentando dragar mais itens de recessos de sua mente para o benefício de Holmes. – Ah, sim, havia uma coisa – disse ele. – Naturalmente, o sujeito não deu nenhum nome, mas ele fumava seus próprios pequenos charutos e notei as iniciais "H. H." em seu estojo.

Holmes assentiu com satisfação.

Burlesdon continuou:

– Como você disse, esse homem passou algum tempo em uma entrevista particular com Rudolf sozinho. Meu irmão concordou em sair com ele, a fim de garantir a segurança de meu filho. Isso foi há dois dias. Desde então, não soube de nada.

– Não tem ideia de quem eram os sequestradores ou que exigências eles fizeram a seu irmão?

Lorde Burlesdon balançou a cabeça.

– Não, não sei nada. Tudo isso parece um pesadelo terrível.

Eu pude ver pelo brilho nos olhos de meu amigo que estava satisfeito com a ignorância de lorde Burlesdon com relação à conexão ruritana.

– Alguém o visitou que desejasse entrar em contato com o seu irmão? – Perguntei sinceramente.

Burlesdon virou-se para mim.

– Ora, sim, curiosamente houve. Um conhecido ruritano dele, eu imaginei, mas tive de mandá-lo embora. Eu não podia revelar a verdade.

Holmes levantou-se.

– Devo agradecer-lhe, senhor, por sua honestidade e ajuda na confirmação de minhas conclusões. Infelizmente, não posso fazer o mesmo pelo senhor. O paradeiro de seu irmão e as diversas maquinações por trás da trama do sequestro devem, por enquanto, permanecer em segredo. Não posso, neste momento, divulgar quaisquer outras informações que já detenho. A vida de seu irmão ainda está em grave perigo e é imperativo para sua segurança que o senhor permaneça em silêncio em relação a todos os aspectos deste caso para que eu tenha alguma chance de salvar sua vida.

Por um momento, nosso visitante olhou hesitante para Holmes e então inclinou a cabeça em concordância.

– Muito bem, Sr. Holmes, farei o que pede, mas peço-lhe que entre em contato comigo assim que tiver alguma notícia de Rudolf.

– Pode ter certeza disso. Agora, acho que é hora de restaurar seu filho ao senhor.

Quando entramos na sala da Sra. Hudson, o jovem rapaz estava sentado, tomando café de uma xícara. Ao ver seu pai, ele soltou um grito de alegria.

Foi um reencontro emocionante. Lágrimas foram derramadas por ambos, pai e filho, e posso dizer que a Sra. Hudson e eu não permanecemos indiferentes à cena. Sherlock Holmes, que sempre achava que emoções de qualquer espécie fossem um obstáculo ao pensamento claro, retirou-se mais cedo para nossa sala de estar, deixando as despedidas finais para mim.

Quando voltei para cima, descobri Holmes olhando pensativamente para o fogo.

– Tudo está bem quando acaba bem – disse eu, interrompendo seu devaneio.

– Para pai e filho. Mas temo, meu caro Watson, que nossa parte neste drama real esteja longe de terminar.

– Diga-me – exigi, sentando em frente a meu amigo –, já sabia o tempo todo que o menino era filho de Burlesdon e sobrinho de Rassendyll?

– Parecia uma hipótese lógica. Pelo que Sapt disse-nos sobre Rudolf Rassendyll, ficou claro que nenhuma força física poderia fazê-lo concordar em ajudar Rupert em seus planos. Ele preferiria morrer a desempenhar um papel, mesmo que a contragosto, na queda da monarquia Elfberg. A ameaça à vida da Rainha Flávia implícita em tal resultado seria um estímulo ainda maior à resistência de Rassendyll. Portanto, meios mais sutis e tortuosos tiveram de ser empregados para garantir sua assistência. Quando descobri a presença de um menino mantido em cativeiro na casa na Burdett Road, as coisas encaixaram-se em seus lugares. Tenho um conhecimento por alto do *Burke's Peerage* e lembrei-me que lorde Burlesdon tinha um filho, um rapaz de idade semelhante. Verifiquei os fatos e o nome do menino, esta manhã, antes de enviar um telegrama ao pai.

– Rassendyll não tem família direta, assim o filho de seu irmão tornou-se o peão neste jogo desesperado para forçar Rassendyll a agir para os Azuis. Você se lembra de Sapt dizendo que ele acreditava que lorde Burlesdon estava mentindo quando negou conhecer o paradeiro de seu irmão. Obviamente, havia alguma razão pressionando seu comportamento. O rapto de seu filho, o menino no porão, era a causa.

– Então Rassendyll foi forçado a ir com o homem de Rupert a fim de salvar a vida de seu sobrinho?

– Exatamente. E agora sem dúvida ele está firmemente nas garras de Rupert de Hentzau.

– Na Ruritânia?

– Temo que sim. O fato de que seu sobrinho está seguro será de nenhuma utilidade para ele agora.

– Então, tudo está perdido.
– Ah, não, Watson. Nunca diga isso. Embora eles tenham ganhado uma vantagem de dois dias sobre nós, não acho que o conde Rupert tentará efetuar seu golpe até a visita de estado do Rei da Boêmia, por isso temos algum tempo a nossa disposição, ou seja, se você quiser me acompanhar à Ruritânia.
– Quero acompanhar este caso até o fim.
– Bom homem. Há um trem partindo para o continente às 5:15 esta tarde. Temos de estar nele.

Minha mente cambaleava. Eu tinha consciência de que, logicamente, o próximo estágio de nossas investigações nos levaria em busca de Rassendyll, mas a perspectiva real disso deu-me grande apreensão. Embora eu tivesse o maior respeito pela destreza, a coragem e as habilidades de meu amigo, ainda assim eu não podia deixar de abrigar dúvidas graves sobre o sucesso final de nossa missão. Perguntava-me como dois ingleses sem poderes ou assistência oficiais poderiam desafiar uma força revolucionária fanática e impedir a substituição do monarca. Percebi que este deve ser o maior desafio de Sherlock Holmes e eu tinha dúvidas se ele poderia alcançá-lo.

Meus pensamentos foram interrompidos pela chegada de um telegrama trazido pela Sra. Hudson. Holmes recebeu-o como se ele o estivesse esperando. Ele rasgou-o para abrir e murmurou com satisfação.

– Arrume-se bem, Watson – disse ele, consultando seu relógio de bolso. – Temos um compromisso de almoço em uma hora. No Clube Diógenes.

CAPÍTULO OITO

O CLUBE DIÓGENES

Uma visita ao Clube Diógenes só podia significar uma coisa: uma reunião com o notável irmão de meu amigo, Mycroft, a quem eu fora apresentado cerca de onze anos antes, durante nossas investigações sobre o caso de *O Intérprete Grego*, uma façanha registrada alhures.

Mycroft Holmes possuía as mesmas faculdades mentais extraordinárias de meu amigo e, de fato, Holmes defendia que os poderes de observação e dedução de seu irmão eram maiores que seus próprios. No entanto, ele não tinha interesse em trabalho de detetive.

– Ele não tem nenhuma ambição nesse sentido e, certamente, nenhuma energia para seguir pistas, para correr atrás a fim de provar o que é, para ele, óbvio, em primeiro lugar – Sherlock Holmes me informara.

Na ocasião em que ele nos apresentou o problema sobre Melas, o pequeno intérprete grego, fora-me dito que Mycroft auditava livros em alguns dos departamentos do governo, mas, ao longo dos anos, meu conhecimento do irmão de meu amigo cresceu e eu vim a perceber que ele tinha uma posição muito mais importante do que eu fora primeiramente levado a acreditar. Tornou-se evidente que ele tinha grande poder nos círculos governamentais. Sua singularidade cerebral, o alcance e intensidade de seu conhecimento, tinham-lhe dado uma voz influente na decisão de políticas de nossa nação e acordos internacionais. Foi por causa disso que eu presumi que nosso convite para o almoço tinha mais a ver com a política europeia, e a da Ruritânia em particular, do que apenas um tête-à-tête social, ou um reencontro fraterno.

Uma hora após recebermos o telegrama, Holmes e eu estávamos passeando pela Pall Mall vindos pelo lado da St. James em direção ao Clube Diógenes, tão casualmente e indiferentes quanto quaisquer dois homens da cidade a caminho de um compromisso de almoço social. Nenhuma das pessoas que passavam, se fossem dadas a tais especulações, teria adivinhado os segredos perigosos que detínhamos ou a onerosa tarefa que foi colocada diante de nós. Na verdade, enquanto caminhávamos nesse dia ameno de outono com a brisa fraca de setembro em nossos rostos, devemos ter parecido como dois cavalheiros despreocupados na rua para o exercício pré-prandial. Devo confessar que me sentia estranhamente relaxado e à vontade quando nos aproximamos de nosso destino.

A pouca distância do Carlton fica a entrada para o Clube Diógenes. Era o clube mais estranho de Londres, gerenciado para a conveniência dos homens menos sociáveis da capital. Por ocasião de minha primeira visita, no início do caso Melas, Holmes explicara-o assim:

– Há muitos homens em Londres, você sabe, que, alguns por timidez, alguns por misantropia, não têm nenhum desejo da companhia de seus companheiros. No entanto, eles não são avessos a cadeiras confortáveis e às mais recentes publicações periódicas. É para a conveniência destes que o Clube Diógenes foi iniciado. A nenhum membro é autorizado tomar o mínimo conhecimento de qualquer outro. Exceto pela Sala dos Estranhos, falar não é, em hipótese alguma, permitido e três delitos, se levados ao conhecimento da comissão, tornam o locutor passível de expulsão. Meu irmão foi um dos fundadores e eu mesmo o acho uma atmosfera muito reconfortante.

Como os membros, a entrada era discreta e imperceptível. Subimos alguns degraus antes de passar por uma porta de mogno simples com uma chapa de bronze pequena com o nome do clube, e entramos em um corredor escuro, deixando para trás a azáfama da Pall Mall. Através de painéis de vidro tive o vislumbre de uma grande e luxuosa sala em que um número considerável de homens estava sentado e lia jornais, cada um em seu próprio recanto. Um véu azul fino de fumaça pairava no ar, difundindo ainda mais a luz do dia, já restringida por pesadas cortinas bem fechadas. Era como se houvesse um esforço determinado para manter o mundo exterior de fora.

Fomos atendidos por um homem moreno com uniforme de porteiro sombrio. Sem dizer uma palavra, ele ofereceu uma bandeja de prata para Holmes, que extraiu um de seus cartões do bolso do colete, rabiscou algumas palavras sobre ele e colocou-o na bandeja. O porteiro partiu silenciosamente, enquanto meu companheiro me levou a uma câmara lateral que eu sabia ser a Sala dos Estranhos: com painéis de carvalho e escassamente mobiliada. No canto da janela com vista para a Pall Mall estava uma pequena mesa, coberta com um pano muito branco e posta com utensílios de prata para três. Ao lado desta mesa estava um balde de gelo em um carrinho, completo com uma garrafa de vinho envolvida em um guardanapo. À medida que andávamos até a mesa, a porta se abriu atrás de nós.

– Ah, Sherlock, pontual como sempre. E doutor Watson. É bom vê-lo novamente.

Virei-me para ver a estrutura muito bem constituída de Mycroft Holmes avançando em minha direção com uma mão estendida como a nadadeira de uma foca. Ele me deu um aperto de mão caloroso, e eu devolvi seu cumprimento.

À primeira vista, pode-se fazer a observação equivocada de que o homem estava inchado e muito acima do peso. Não havia dúvida de que ele era grande, quase corpulento, mas sua altura, que ficava bem acima de um metro e oitenta, ajudava-o a carregá-lo e havia nele, quando se movia, uma desenvoltura e graça negada à maioria dos homens gordos. Ele era sete anos mais velho do que Sherlock Holmes e suas bochechas estavam caídas agora, como as de um cão de Santo Humberto ansioso. Seu cabelo já estava grisalho, combinando com a cor de seus olhos lacrimejantes e encovados, brilhando com a consciência aguda que eu reconhecia em meu amigo. No todo, havia uma aura sobre o homem que fazia esquecer seu tamanho e ficar consciente apenas de seu intelecto superior.

Ele palmeou o braço de Holmes em afeição fraternal.

– Vejo que provou aquela nova mistura árabe que Bradley começou a estocar – disse ele maliciosamente, escovando alguns flocos de cinzas da manga de seu irmão.

– E você – devolveu Holmes – teve uma manhã muito ocupada. – Ele apontou para o queixo de Mycroft. – Tempo somente para um barbear superficial. A luz do início da manhã é a mais inadequada quando se está com pressa.

– Verdade, tive uma manhã muito movimentada, principalmente por sua causa, Sherlock. Minha rotina diária estabelecida foi jogada em desordem.

Circulando-nos em direção à mesa, ele fez um gesto para nós tomarmos nossos lugares.

– O recebimento de visitantes, como sabe, não é incentivado, então só posso oferecer-lhes uma refeição fria, mas para compensar eu fiz trazerem um excelente vinho do Reno da adega para ajudá-la a descer.

Com destreza, ele pegou a garrafa do balde de gelo e começou a abri-la. Enquanto ele extraía a rolha, dois dos funcionários do clube, fazendo as vezes de garçons para esta ocasião, entraram rolando carrinhos enfeitados com pratos de várias carnes cozidas e molhos para saladas. Silenciosamente, eles posicionaram os carrinhos para que pudéssemos nos servir e, em seguida, sem dizer uma palavra, eles fizeram uma saída discreta.

– Agora, então, não vamos fazer cerimônia. Sirvam-se nesta tarefa simples – convidou Mycroft, que já empilhava seu prato.

Tenho de admitir que não percebera como eu estava com fome até que vi a atraente variedade de alimentos diante de mim. Eu tinha, agora, afastado o cansaço de uma noite de sono perdida e o breve passeio ao ar fresco estimulara o apetite.

O que quer que fosse que Mycroft e Sherlock quisessem discutir, nenhum fez qualquer referência a isso durante a refeição. Eles conversaram amigavelmente sobre uma ampla gama de questões, nenhuma de importância imediata. Era como se eles estivessem obedecendo a alguma lei não escrita que afirmava que assuntos de peso não deveriam ser abordados até que uma refeição e um período de conversa leve fossem apreciados.

Enquanto comíamos, os irmãos tocaram em muitos tópicos diferentes, que iam desde os Uitlanders de Transvaal, passando pelos *Livros da Selva* de Kipling, até instrumentos de cordas medievais. Mycroft estava com um humor muito sociável, e frequentemente me incentivou a expressar minhas opiniões. Com a conversa estimulante, o vinho e a companhia agradável, era fácil para mim esquecer por um tempo o caso perigoso no qual estávamos engajados.

Após nossos pratos terem sido empurrados para o lado e café ter sido servido pelos dois garçons silenciosos, que haviam magicamente reaparecido no momento crucial, houve uma calmaria. Holmes e eu entregaramo-nos ao fumo, enquanto Mycroft tomou rapé de uma caixa de casco de tartaruga. Varrendo os grãos errantes de seu casaco com um grande lenço de seda vermelho, ele deixou sua cadeira e olhou para fora da janela, para o tráfego que passava na Pall Mall.

– Você voltou a seus velhos truques de novo, Sherlock – disse ele, com a voz ainda mantendo a sociabilidade. – Envolvendo-se em intrigas políticas precárias.

Meu amigo deu uma risada seca.

– Nesta ocasião, meu caro Mycroft, a intriga política veio bater a minha porta.

– Elas sempre o fazem. Mas, seja como for, sempre que você toma estas questões para si, os problemas pousam em minha mesa. – Mycroft voltou a seu lugar e bufou exasperadamente, mas havia um brilho indulgente em seu olhar, entretanto. – Diplomatas assassinados em hotéis ferroviários, revolucionários estrangeiros baleados no leste de Londres e inspetores de polícia que deveriam ter mais cuidado, ferindo-se ao ajudá-lo em suas pesquisas.

Fiquei espantado que Mycroft soubesse tanto do que havia acontecido conosco enquanto seguíramos as várias pistas no caso ruritano. Se eu precisasse de confirmação de sua importância e onisciência, aqui estava. Holmes, no entanto, não demonstrou surpresa com o conhecimento de seu irmão.

Mycroft deu um sorriso triste.

– Tudo bem, Sherlock, é melhor dar-me todos os fatos em sua totalidade, se eu vou ser de alguma ajuda para você.

Meu amigo deu uma tragada no cachimbo e lançou uma nuvem de fumaça a flutuar até o teto.

– É melhor assim, Mycroft – disse ele com alguma satisfação e, recostando-se na cadeira, ele procedeu a relatar de forma concisa, mas completa, nossas aventuras desde a chegada do coronel Sapt em nossos aposentos na Baker Street na noite anterior até a partida de lorde Burlesdon e seu filho cerca de uma hora antes.

Por todo o tempo, Mycroft ouviu atentamente, sua expressão traindo nada e, quando Holmes havia terminado, ele permaneceu em silêncio por algum tempo. Era como se seu cérebro metódico classificasse e protocolasse todas as evidências antes de montar os elementos vitais em uma conclusão somada. Era como se pensasse que seu rosto estava imóvel, mas seus olhos profundos assumiram aquele olhar distante e introspectivo que eu vira tantas vezes em seu irmão quando ele estava a exercer seus plenos poderes.

– Tenho de agradecer-lhe, Sherlock, por sua revisão equilibrada. Alguns aspectos da situação ruritana eu já conhecia, é claro. Temos monitorado a situação volátil por lá há algum tempo. Embora seja um país pequeno, a Ruritânia é um velho aliado nosso e uma influência estabilizadora na Europa central onde, neste século, a monarquia como sistema tradicional de governo sofreu muitos golpes afiados e agora é uma instituição muito vulnerável e sitiada. Sabemos do conde Rupert de Hentzau, de suas ambições nefastas e da enfermidade do Rei Rudolf V. Sir Jasper Meek informou-nos sobre sua "doença".

Ele fez uma pausa para saciar-se com mais rapé antes de retornar a seu tema.

– No entanto, a substituição de Rassendyll na coroação e sua representação do rei é uma notícia surpreendente, de fato. Este é um segredo que deve ser guardado com segurança. Se os fatos se tornarem de conhecimento público, eles poderiam balançar as próprias bases da política europeia. Que o herdeiro ao trono Elfberg foi substituído em sua coroação por um plebeu inglês... que Rudolf nunca foi coroado... Digo-vos, cavalheiros, há mais de um país com um regime cruel o suficiente para tirar proveito indevido de tais informações. A invasão, até mesmo a guerra, podem não estar fora de questão. É do interesse da Grã-Bretanha que quaisquer histórias ou rumores sobre a insegurança da monarquia ruritana devam ser anulados de imediato.

– Parece – comentou Holmes – que o principal perigo não está tanto nessas revelações, mas em como esse conhecimento pode ser usado. Centra-se na ameaça real: o conde Rupert. Sua motivação é alimentada pela maior ambição: derrubar a linha Elfberg e estabelecer-se como o primeiro de uma nova dinastia. Acredito que ele queira que isso aconteça no mais sutil *coups d'état*[7].

Os olhos de Mycroft brilharam intensamente com concentração com as palavras de seu irmão. Ele se inclinou para a frente, com extrema atenção.

– Da forma como eu entendi a situação – Holmes continuou –, o conde Rupert quer substituir o rei por Rassendyll mais uma vez, eliminando Rudolf no processo. Então, depois de algum tempo, quando a substituição se revelar eficaz, a utilidade de Rassendyll como rei-fantoche estará terminada. O "Rei Rudolf" proclamará sua abdicação, provavelmente por causa de sua má saúde e, em seguida, ele declarará seu sucessor: seu "amigo próximo e aliado", o conde Rupert de Hentzau.

– Meu Deus – exclamei. – Como ele escapará dessa? Quem estará lá para detê-lo?

– Quando que você acha que Rupert fará sua primeira jogada? – perguntou Mycroft.

– Parece provável que ele tentará apresentar o rei impostor durante a visita de estado do Rei da Boêmia. Isso deve começar em cinco dias.

– Certamente – eu interpus – que Rassendyll só tem que ficar sabendo da segurança de seu sobrinho para recusar-se a atuar para Rupert?

---

7   Nota do tradutor: francês, "golpe de estado".

Ambos os irmãos balançaram a cabeça, mas foi Mycroft quem falou:
— Agora que Rassendyll está na Ruritânia, não será tão simples assim. Se ele tentar ir contra a vontade de Rupert, ele poderia ser arrastado aos olhos do público e exposto como impostor do rei e amante da rainha. Isso, é claro, colocaria também a vida de Flávia em perigo e mergulharia o país no caos. Apenas tal situação seria ideal a Rupert para tomar o poder.
— Entende, Watson — disse Sherlock Holmes —, como é muito enrolada a meada que o destino nos elegeu para desvendar.
— Mais ou menos — respondi, sentindo-me um tanto desanimado depois de ouvir as palavras dos irmãos e perceber com maior clareza as ramificações completas do problema.
— Qual é seu plano de campanha? — Perguntou Mycroft.
— Devo seguir a única pista que temos. Watson e eu viajaremos para a Ruritânia esta noite. Uma vez lá, espero entrar em contato com Fritz von Tarlenheim, um confidente de Sapt e Rassendyll.
Mycroft assentiu.
— Ouvi falar dele. Com Sapt morto, ele é o mais próximo da rainha em lealdade. Este é um jogo muito desesperado que você está jogando, Sherlock.
— Mas devo jogá-lo... até o fim!
— Nesta ocasião, sou obrigado a concordar com você. Forças oficiais não podem ser usadas nesta questão. Ela precisa de tratamento mais delicado e sub-reptício. — Ele deu uma breve risada sem alegria. — Se alguém pode fazê-lo, sei que é você.
— Obrigado — reconheceu Holmes calmamente.
— E o fiel Watson vai também, hein?
— Estou perdido sem meu Boswell.
— Certamente está, mas esta é uma façanha que você não poderá preparar para a publicação, doutor. Não enquanto vivermos, pelo menos.
Baixei a cabeça para ele.
— Há questões de maior preocupação aqui do que os direitos de autor.

— Você é um bom homem, Watson. Ouvi meu irmão dizer que não há ninguém que ele preferiria ter a seu lado em uma crise. Nossas breves reuniões têm fortalecido minha crença em seus sentimentos.

Fiquei comovido com a sinceridade do grande homem e lhe agradeci.

Mycroft puxou um longo envelope pardo de um bolso interno e ofereceu-o a seu irmão, dizendo:

— Aqui, então, estão os documentos solicitados em seu telegrama. Papéis de passagem para si e Watson sob os nomes de Hawkins e Murray e uma carta de apresentação para Sir Roger Johnson, o embaixador britânico em Strelsau. Não é o mais brilhante dos sujeitos, infelizmente, mas vai fazer-lhe bem ser sacudido de sua letargia. Ele está vegetando lá na embaixada há cinco anos ou mais. Dificilmente é o mais desgastante dos compromissos. Vou lhe telegrafar sobre sua chegada e pedir-lhe para fazer um de seus criados encontrá-los na saída do trem. Sir Roger será capaz de organizar o acesso direto seu a Tarlenheim e à Rainha Flávia.

— Excelente — disse Holmes, tomando o envelope e deslizando-o para dentro do casaco.

— Quando partem?

— No 5:15 da Charing Cross. Devemos estar em Strelsau em cerca de trinta e seis horas, depois de uma breve espera em uma conexão em Colônia.

— Há mais alguma assistência que lhes posso dar?

Holmes bateu no bolso.

— Deu-me o essencial.

— Então, tudo o que posso oferecer-lhes são meus bons votos — disse Mycroft, levantando-se da cadeira e estendendo a mão para nós. — Há mais do que a segurança da monarquia Elfberg em jogo e tanto o governo de Sua Majestade e eu aguardarmos o resultado de sua missão com grande preocupação.

Apertamos as mãos e fomos em direção à porta, mas Mycroft atrasou nossa saída com um comentário final:

– Lembrem-se de que Rupert de Hentzau é um sujeito astuto e determinado. Ele não pode ser subestimado. Peço-lhes, não baixem a guarda em nenhum momento.

Alguns momentos depois, dois senhores emergiram do Clube Diógenes à pálida luz do sol outonal. O Sr. Hawkins e o Sr. Murray foram dar os primeiros passos no que viria a ser a missão mais perigosa de suas vidas.

CAPÍTULO NOVE

A JORNADA

Às seis horas da tarde, Holmes e eu estávamos sentados em nosso próprio compartimento de primeira classe no South Eastern Continental Express, enquanto ele ia a todo vapor através do interior de Kent a caminho de Dover, onde deveríamos pegar a balsa noturna para Ostend, a primeira etapa de nossa viagem para Strelsau. O dia desaparecia rapidamente e o pôr do sol jogava listras de ouro sobre os campos de lúpulo.

Desde nosso retorno à Baker Street, Holmes havia se ocupado com os preparativos para a viagem, consultando mapas e dicionários geográficos e lendo seus arquivos de jornal e vários volumes de referência. Ele também havia juntado uma estranha coleção de itens de suas prateleiras de produtos químicos e seu estojo de maquiagem para levar consigo. Havia pouco para eu fazer, salvo arrumar minha maleta e me preparar mentalmente para a viagem. Eu folheei os jornais diários de forma desconexa, até que me deparei com um item na seção Parem as Prensas na edição da tarde do *Westminster Gazette*:

DIPLOMATA RURITANO MORRE DE ATAQUE CARDÍACO

O corpo de um diplomata ruritano, coronel Helmut Sapt (58), foi descoberto esta manhã em seu quarto no Hotel Charing Cross por uma camareira. A opinião médica é que ele morreu de um ataque cardíaco.

Eu o mostrei a meu amigo.

– Trabalho de Mycroft – disse ele de forma sucinta.

Agora que deixáramos Londres para atrás, Holmes parecia relaxado, sentado junto à janela do carro, fumando um cigarro e olhando para a paisagem, onde as árvores e sebes lentamente se fundiam com o crescente anoitecer.

Consultei meu guia de horários e meu relógio de bolso.

– Mais uma hora e dez minutos e estaremos em Dover – anunciei.

Holmes acenou com a cabeça e pegou o cigarro da boca.

– Watson, temos um bom caminho a percorrer ainda. Realmente espero que você não emitirá verificações de horário regulares sobre nosso progresso.

– Claro que não – respondi irritado, fechando a tampa de meu relógio.

– Relaxe, velho amigo, estamos na parte mais fácil de nossa missão. Não há nenhum motivo para desgastar nossos nervos agora. Eles serão duramente testados mais tarde, eu garanto. Por enquanto estamos nas mãos capazes daqueles que gerenciam esta rede ferroviária. Deixemos a preocupação com eles, enquanto nós descansamos.

– Claro – respondi, ainda um pouco magoado pela alfinetada de Holmes.

Passamos o resto da viagem em silêncio. Holmes adormeceu depois de terminar seu cigarro e eu olhei para fora da janela, observando o selamento inexorável do dia.

Em Dover, transferimo-nos para a balsa. Foi uma travessia sem intercorrências, quanto muito desconfortável, por causa de nossa reserva relativamente tardia, não pudemos obter uma cabine de primeira classe e passamos a noite em alojamentos apertados. Holmes tem uma facilidade notável para passar sem dormir, desde que seja necessário para ele fazê-lo e também que possa dormir em qualquer lugar ou em qualquer momento que ele queira. Enquanto eu estava deitado, com frio e desconfortável, olhando para o teto suavemente ondulado, ele ronronava suavemente no sono mais profundo.

A manhã viu-nos mais uma vez viajando de trem. Tendo deixado Ostend, estávamos a caminho de Colônia para pegar o Golden Lion

Express, que nos levaria, via Dresden, para Strelsau. Pouco depois de deixar Ostend, fomos ao vagão-restaurante onde fizemos um bom desjejum. Enquanto relaxávamos sobre o café no final da refeição, decidi questionar Holmes sobre seus planos uma vez que chegássemos a nosso destino final.

– Quaisquer planos devem, nesta fase, ser provisórios. Há tantos fatores desconhecidos para enfrentar neste caso, mas há certos objetivos que devem ser alcançados o mais rapidamente possível. Tarlenheim e a Rainha Flávia devem ser informados sem demora das ramificações da trama de Rupert. É também essencial que descubramos o paradeiro de Rassendyll.

– Certamente o quartel-general dos Azuis no castelo em Zenda é o local mais provável?

– Possivelmente – disse Holmes pensativo. – Talvez isso seria um pouco óbvio e, portanto, não é realmente o estilo de Rupert. Rassendyll é seu trunfo e a manga onde ele está escondido deve ser menos que óbvia. Temos também de descobrir com a Rainha os arranjos previstos para a visita do Rei da Boêmia. Essa informação vai...

Meu companheiro interrompeu-se abruptamente quando o garçom voltou para reabastecer nossas xícaras.

– *Est-ce que le petit déjeuner vous a plu?*[8] – Ele perguntou.

– *Très bien*[9] – devolveu Holmes, que não disse mais nada até que o garçom estivesse fora do alcance da voz. – Acho que seria sábio reservar qualquer discussão até mais tarde na privacidade de nosso compartimento. Não sabemos quantos ouvidos podem estar esforçando-se para captar nossas palavras.

Examinei o carro-restaurante com cautela. Cada ocupante estava inocentemente engajado em consumir o desjejum ou conversar com os companheiros viajantes. Todos eles pareciam respeitáveis e indefinidos, mas, é claro, que é assim que um espião inteligente pareceria. De fato, Holmes e eu éramos um bom exemplo: nenhum de nós dava qualquer indicação de sua verdadeira identidade ou o verdadeiro propósito por trás de sua jornada.

---

8   Nota do tradutor: francês, "o desjejum os agradou?"
9   Nota do tradutor: francês, "muito bem".

Quando voltamos a nosso compartimento, perguntei a Holmes se ele realmente acreditava que estávamos sendo observados. Ele olhou para mim descomprometidamente.

— Realmente não sei, Watson, mas lembre-se das palavras de despedida de Mycroft — respondeu ele, antes de se jogar no assento ao lado da janela para dedicar-se a seu primeiro cachimbo do dia. Sentei-me em frente a ele, um pouco desanimado com a perspectiva de um longo dia tedioso de inação. Minha mente estava preocupada demais para ler ou discutir qualquer outro assunto além da questão ruritana. O próprio Holmes não estava inclinado a conversar e, depois de ter comprado vários jornais no terminal Ostend, ele passou seu tempo lendo-os por completo.

Era final da tarde quando chegamos em Colônia, onde deveríamos trocar para o Golden Lion Express. Fôramos atrasados por trabalhos na linha nos subúrbios e, como resultado, havia apenas um curto período de tempo a nossa disposição para atravessar a estação para fazer nossa conexão.

A estação de Colônia era um sombrio edifício alto, bastante negligenciado, repleto de hordas de viajantes. Saímos do trem apertando nossa bagagem e começamos nosso caminho através da multidão agitada para a plataforma 5, onde o Golden Lion estaria esperando. Conscientes de nossa falta de tempo, seguimos em frente com vontade, até que, acima do barulho ecoante de conversas, chamadas dos carregadores, do silvo do vapor escapando e gritos de apitos de trem, ouvi o som de uma comoção na multidão atrás de nós. Virei-me para ver o que estava causando o barulho quando um desordeiro jovem e corpulento, abrindo caminho através da massa de pessoas, deu de encontro comigo, temporariamente me desequilibrando. Enquanto eu cambaleava para o lado, ele agarrou a maleta de minha mão incerta e fugiu com ela.

— *Den haltet Dieb!*[10] — Gritou uma voz no meio da multidão.

Sem dizer uma palavra, Holmes e eu começamos a perseguir o jovem ladrão que já estava começando a fundir-se com a multidão

---

10 Nota do tradutor: alemão, "pega ladrão!"

de viajantes. Com grande agilidade, ele corria para dentro e para fora da multidão, mas depois de um dia de descanso e inação, estávamos descansados e facilmente podíamos manter o passo com ele. A maioria das pessoas quase nem olhava por um momento para nós três ao passarmos por elas.

Este tipo de furto de bagagem deve, refleti, ser uma ocorrência comum aqui, como era nos grandes terminais de Londres. O viajante cansado e muitas vezes um pouco desnorteado era presa fácil para o jovem vilão experiente com velocidade e familiaridade do terreno a seu favor. Enquanto corríamos, devo admitir, minha preocupação era menos com minha bagagem e mais com o perigo de perder nossa conexão. Mais tarde, eu, e mesmo Holmes, tivemos de admitir que o perseguimos por um instinto automático em vez de uma decisão fundamentada.

A multidão reduzia conforme nos afastamos da seção principal da estação e pudemos aumentar nossa velocidade e aproximar-nos do jovem rufião. Quando ele mergulhou ainda mais em uma parte isolada da estação, ele lançou um olhar fugaz para trás antes de saltar sobre uma barreira e correr para dentro da escuridão. Nós o seguimos e nos encontramos em uma área suja da estação que parecia ser utilizada para a descarga de vagões de mercadorias, que estavam alinhadas por várias plataformas de outra forma desertas. A iluminação era muito mais fraca aqui, mas o som de pés correndo nos manteve na pista de nossa caça. Quando ficamos a seis metros dele, ele deu uma guinada para a esquerda passando uma locomotiva quieta, descendo uma plataforma estreita, iluminada apenas em intervalos por poças amarelas derramadas por uma série de débeis luzes a gás. À esquerda estavam as sombras gigantescas de uma fila de vagões de mercadorias e à direita uma parede de tijolos. Ele estava lentamente se encurralando.

Então, de repente ele fez algo que foi totalmente inesperado. A meio caminho da plataforma, ele parou de correr e girou nos calcanhares para nos enfrentar. Conforme ele fez isso, as feições do jovem foram pegas em um dos círculos de luz. Ele estava sorrindo.

Imediatamente Holmes agarrou meu braço e me puxou para perto.

— Rápido — ele sussurrou, arrastando-me para fora da luz até a parede, atrás de um grande caixote abandonado nas sombras. Pequenos roedores saíram correndo com nossa abordagem. Sem dizer uma palavra, Holmes chamou minha atenção para a parte superior da plataforma por onde havíamos acabado de passar. Emergindo da escuridão, perto do motor, estavam quatro arruaceiros de aparência cruel, cada um empunhando uma espécie de cassetete ou porrete. Era um quadro assustador.

— Uma armadilha, Watson.

O choque da constatação veio com clareza cristalina. O roubo de minha bagagem fora usado para nos levar para longe da parte principal da estação até este trecho deserto, para que pudéssemos ser enfrentados por essa galera profana.

Conforme os quatro homens avançavam com lentidão ameaçadora, nosso jovem ladrão deixou cair minha maleta a seus pés e tirou uma arma do cinto. Eu percebi o brilho de uma lâmina em sua mão. Nesse meio tempo, Holmes agachara-se e abrira sua bolsa de viagem, da qual ele extraiu um pequeno objeto.

— Agora, então, Watson — ele sussurrou urgentemente —, acha que pode enfrentar o rapaz e recuperar sua maleta?

— Estou disposto a tentar — respondi com sinceridade.

— Bom homem!

— Mas e os outros canalhas?

Ele lançou um olhar rápido na direção do feio quarteto, que ainda movia-se lentamente pela plataforma em direção a nós.

— Acho que posso lidar com eles com a ajuda deste pequeno brinquedo. — Ele ergueu o objeto cinza familiar. — Agora, quando eu disser, você corre para o rapaz, pega sua maleta e desliza pela borda da plataforma, encontra o caminho sob os acoplamentos e atravessa para a plataforma adjacente.

— E você?

— Com sorte, não estarei muito atrás de você. Pronto?

— Sim.

— Certo!

A JORNADA

Com um grito de partir o ouvido, Holmes atirou o foguete de fumaça na direção dos pretensos assassinos. Ele caiu e explodiu a cerca de um metro na frente deles. Após uma chuva de faíscas, as espessas nuvens de fumaça espiralaram diante de seus olhos atônitos. Eu já estava correndo das sombras em direção ao jovem com minha maleta quando ouvi seus gritos de espanto e terror. Meu alvo estava tão desconcertado com a confusão e os redemoinhos cinzentos avançando que ele simplesmente largou a faca e correu.

Ao som de tosse por asfixia e pés vacilantes, peguei minha maleta e mergulhei pela borda da plataforma. Aqui o ar estava isento de fumaça e eu o inspirei antes de achar o caminho para o vagão de mercadorias até chegar aos amortecedores. Agachando-me, consegui deslizar sob os acoplamentos e escalar pelo espaço entre os trilhos. Uma vez lá, depois de recuperar o fôlego, tive de lidar com os amortecedores de outro vagão de mercadorias no próximo conjunto de trilhos antes de chegar à plataforma distante.

Enquanto eu subia, fui encontrado por Holmes e, momentos depois, um pouco despenteados por nossos esforços, do contrário sem nenhum outro dano devido a nosso pequeno *divertissement*[11] especialmente organizado para nós (não tínhamos dúvida) pelos Azuis, estávamos de volta à principal área da estação, em direção à plataforma 5. Holmes ria alegremente enquanto apressávamo-nos para pegar nossa conexão.

– Ah, Watson, fomos um pouco lentos para começar, mas eles foram muito desajeitados.

– Bem, certamente prova que eles sabem de nossa missão.

– Sim, e o que me interessa acima de tudo é a forma como eles vieram a ter esse conhecimento. Ainda assim, há um aspecto deste incidente que é bastante satisfatório.

– E o que é?

– Nós os deixamos preocupados. Tão preocupados que eles sentem a necessidade de nos matar.

Considerei isso um consolo bastante duvidoso.

---

11 Nota do tradutor: francês, "diversão, desvio".

Nós chegamos bem a tempo para o trem. O guarda soprava seu apito para a partida quando embarcamos no Golden Lion e, quando cambaleamos para dentro de um compartimento, já acelerávamos para leste sobre o Reno na última etapa de nossa jornada.

* * *

Com a escuridão, veio a chuva. Ela atacava ferozmente a janela de nosso carro conforme acelerávamos noite adentro.

– Nunca se experimentou um temporal até ser pego em um da variedade continental – comentou meu companheiro, conforme o brilho de um relâmpago iluminou as montanhas distantes, seguido segundos depois por um estrondoso estampido de trovão que pareceu abalar o transporte. A chuva continuou durante parte da noite. Foi só depois que passamos por Dresden, onde tivemos uma hora de espera, que a chuva deu sinais de diminuir.

Ainda estava escuro quando finalmente chegamos à fronteira ruritana. Aqui todos os passageiros tiveram de deixar o trem e entrar no edifício da alfândega para ter seus documentos verificados e carimbados. Fomos dirigidos para dentro do prédio de aparência bastante rústica por guardas de fronteira. O velho oficial que presidia a alfândega era um sujeito lento e meticuloso e o atraso causado por sua assiduidade irritou alguns companheiros de viagem. No entanto, ele, que deve ter experimentado muitas dessas mostras de impaciência, não deu atenção e continuou com seu jeito desapressado e metódico.

Quando chegou nossa vez, ele parecia particularmente cauteloso, escrutinando nossos documentos com extremo cuidado. Ele perguntou qual era o objetivo de nossa visita a seu país.

– Estamos em um passeio de férias – afirmou Holmes suavemente.

Levando nossos papéis com ele, desapareceu em um escritório atrás de si, para o desespero daqueles que esperavam na fila. Ele surgiu alguns minutos depois e chamou-nos pelo canto para dentro de seu próprio escritório.

Uma vez lá dentro, a porta se fechou atrás de nós e ficamos cara a cara com um rapaz magro, de rosto liso, com olhos azuis surpreendentes. Ele vestia um casaco curto preto trespassado com gola de astracã e carregava uma bengala com punho de prata. Ele abordou o funcionário da alfândega:

– Obrigado, Stephan, pode nos deixar.

O velho inclinou-se e saiu. Em sua partida, o jovem rigidamente virou-se para nós com um sorriso seroso e uma mão estendida.

– Sr. Hawkins e Sr. Murray, eu presumo. Ou preferem que me refira a vocês como doutor Watson e Sr. Holmes? – Ele inclinou-se rapidamente.

Senti uma tensão nos nervos com esta abordagem e automaticamente minha mão desviou em meu bolso para meu revólver. Holmes não respondeu à pergunta desenvolta do jovem, mas levantou uma sobrancelha interrogativa.

O estranho respondeu:

– Perdoem-me. Sou Alexander Beauchamp, assessor do embaixador britânico em Strelsau. Fui enviado por ele para recebê-los de surpresa na fronteira. Nossas inteligências nos informam que é provável que haja uma festa de boas-vindas para vocês, arranjada pelo conde Rupert de Hentzau, assim que pisarem fora do trem na capital.

– Já tivemos um gosto de sua hospitalidade em Colônia – eu disse, aliviado com sua identificação, e apertei sua mão.

O rosto de Beauchamp registrou surpresa.

– Já armaram para vocês? Céus, eu não fazia ideia de que eles espalhariam sua rede tão amplamente. Graças a Deus vocês estão seguros.

– Obrigado por sua preocupação – disse Holmes com um breve sorriso. – Agora parece que meu amigo e eu estamos em suas mãos. O que propõe?

– Tenho uma carruagem esperando lá fora por nós. Conduziremo-nos a uma pequena estalagem, a Cabeça de Javali, a apenas cinco milhas deste lado de Strelsau. Arranjei quartos para vocês lá... em seus *noms de guerre*[12], é claro. – Ele se permitiu um pequeno sorriso antes de continuar: – Mais tarde pela manhã, Sir Roger os visitará para uma consulta.

---

12 Nota do tradutor: francês, "nomes de guerra".

– Parece que foi tudo muito eficientemente organizado.

– Muito bem, cavalheiros – disse Beauchamp. – Se estiverem prontos, partiremos imediatamente.

Ele nos guiou para fora pela parte de trás da alfândega, para o ar fresco da madrugada ruritana. Ainda estava escuro demais para ver nosso ambiente claramente quando embarcamos em uma carruagem pequena e indefinida para nossa jornada.

Enquanto o grande trem expresso ofegava vapor impacientemente, esperando a verificação alfandegária ser concluída, a carruagem partiu em velocidade para a Cabeça de Javali.

CAPÍTULO DEZ

A CABEÇA
DE JAVALI

Enquanto viajávamos em direção à Cabeça de Javali, eu não conseguia ficar totalmente à vontade. Alexander Beauchamp era um rapaz gentil e atencioso, mas eu me sentia desconfortável em sua presença. Não estava claro para mim ou Holmes o quanto ele sabia sobre as questões em mão. Será que ele sabia do propósito de nossa missão e do rapto de Rassendyll? Será que ele sabia da trama de Rupert para usurpar o trono? Não havia nenhuma maneira de saber e por isso não pudemos discutir a situação com ele ou até mesmo entre nós. Ele, também, parecia relutante em fazer referências ao conde Rupert ou a nosso futuro encontro com Sir Roger, o embaixador britânico, portanto nossa conversa foi irregular e generalizada.

No entanto, Beauchamp nos disse algo de seu passado. Ele tinha mãe ruritana e pai francês, mas fora educado na Inglaterra. Holmes sorriu agradavelmente com essa informação voluntária, mas eu podia ver por sua expressão que, apesar dessa aparente exibição de interesse, sua mente estava envolvida em outro lugar.

Além destas rajadas ocasionais de conversa, a maioria de nossa viagem de duas horas foi passada em silêncio, com Holmes perdido em pensamentos e Beauchamp sentado em seu assento fumando pequenos charutos negros um atrás do outro. Ele ofereceu-os a mim e Holmes. Eu recusei, mas meu companheiro aceitou e logo a carruagem foi preenchida com odores pungentes.

O amanhecer veio gradualmente, dando-me um primeiro vislumbre da paisagem ruritana. O outono estava mais avançado aqui do que na Inglaterra e as árvores estavam em chamas com cores vibrantes destacadas pelos raios do sol nascente. Nosso percurso passava por uma série de estradas acidentadas, algumas das quais eram pouco mais do que trilhas de carruagens, fazendo caminho principalmente através da floresta. Em um momento contornamos uma grande área de água.

– Esse é o Lago Teufel – Beauchamp nos disse. – A lenda é que o irmão do diabo vive no fundo do lago e um dia emergirá e inundará todo nosso país.

Ele riu suavemente.

– Há alguns camponeses da floresta que realmente acreditam nessa história e, embora seja rico em peixes, as maiores carpas que já se viram, o lago é evitado pelos nativos. O antigo rei tinha um pavilhão de pesca lá, mas desde sua morte ele caiu em desuso.

Holmes agitou-se de seu devaneio para olhar abaixo para o trecho cinza de água cercado pela densa floresta, só interrompido no outro lado do lago pelo contorno escuro do pavilhão que Beauchamp mencionara.

– Aquela, presumo, é a Floresta de Zenda?

– Sim – respondeu nosso acompanhante. – Além daquela elevação fica o castelo.

Holmes continuou a olhar para fora e observar a cena até o lago ser velado de nossa visão pela passagem de ainda mais árvores.

Próximo às sete horas, aproximamo-nos do alto de uma colina. Empoleirado no topo estava um grande edifício caiado de branco, manchado em intervalos pela propagação de hera agarrada a suas paredes. Uma placa proclamava que este era nosso destino: a Cabeça de Javali. À medida que nos aproximávamos era fácil de entender porque este lugar fora escolhido como nosso local de encontro, pois não havia outros edifícios nas proximidades. Ao chegar ao topo da colina vimos, espalhando-se abaixo, olhando através da névoa matitutina, a grande cidade de Strelsau, capital da Ruritânia. A cúpula e torres de sua catedral, os pontos mais altos da cidade, brilhavam avermelhadas conforme perfuravam os vapores cinzentos.

Quando descemos da carruagem, a rústica porta de madeira da estalagem se abriu e um sujeito de cara rosada e de avental branco nos cumprimentou com um aceno.

– Esse é Gustav, o senhorio – murmurou Beauchamp. – Ele os conhece apenas como hóspedes importantes.

Foi-nos dada uma recepção efusiva por nosso anfitrião e mostrada a pousada, onde o ar estava viciado e frio. O cocheiro trouxe nossa bagagem, supervisionado por Beauchamp, que, então, instruiu Gustav para mostrar-nos nossos quartos. Com sorrisos e gestos, levou-nos até uma grande escada subindo do centro da pousada para uma espécie de balcão de trovador e de lá para uma suíte simples, mas espaçosa. Aqui uma mesa estava posta para o almoço, com frios e queijos. Na lareira o fogo, recentemente aceso, lutava para crescer.

Enquanto Gustav saía apressado para trazer café, jogamos nossos casacos e sentamo-nos à mesa para a refeição. Beauchamp examinou o relógio.

– São sete e quinze agora. O embaixador deve estar aqui em uma hora.

O desjejum foi suficientemente agradável, mas pratos frios naquela hora do dia não são realmente de meu gosto. No entanto, o café estava escaldante e reanimador. Depois nós fumamos, Holmes e eu nossos cachimbos e Beauchamp seus charutos. A seu pedido, eu lhe apresentei um relato completo de nossa aventura na estação de Colônia, enquanto Holmes recostou-se, de olhos fechados, em uma postura meditativa. Beauchamp ouviu com atenção, os olhos azuis fixos em concentração e, no final de meu relato, ele parecia fascinado e cheio de admiração pela presença de espírito de Holmes.

– Essa é uma história surpreendente, Dr. Watson. É claro, percebo que não seria diplomático eu perguntar por que o conde Rupert está tão ansioso em eliminá-los. Sei que ele criou muitos inimigos desde seu retorno ao país, em especial na corte, e há muitos rumores sobre seu comportamento cruel e ânsia de poder, mas eu nunca percebi até agora que sua influência se espalhava para além das fronteiras da Ruritânia. Como sua história confirma que este é o caso, não pareceria irrealista supor que Rupert foi de alguma forma responsável pelo assassinato do coronel Sapt em Londres.

Antes que eu pudesse comentar, Holmes inclinou-se e dirigiu-se a Beauchamp:

– Não está além dos limites da possibilidade, certamente. Mas diga-me, Beauchamp, para entrar em assuntos mais urgentes, onde mais, além do castelo em Zenda, que o conde Rupert tem aposentos privados?

– Ah, isso não sei.

– Será que não existem rumores que sugiram algum local?

Beauchamp balançou a cabeça.

– Não que eu tenha ouvido.

Holmes levantou-se e caminhou até a janela, abriu-a e tomou uma lufada de ar da manhã antes de voltar para onde Beauchamp estava sentado.

– É uma pena – disse ele tristemente. – Eu realmente pensei que tal informação teria sido confidenciada pelo mestre a um dos homens braço direito de Rupert. Especialmente alguém tão próximo do conde como você, barão Holstein.

Beauchamp pôs-se de pé, sua mão correu para o bolso interno do paletó, mas Holmes foi rápido demais para ele e acertou-o com um golpe rápido e feroz no queixo. Ele caiu para trás em sua cadeira, desmaiado.

– Que diabos está acontecendo? – Perguntei em confusão.

– Apenas impedindo o barão de usar sua pequena arma – respondeu Holmes, tirando de dentro da jaqueta de Beauchamp uma pequena pistola Derringer. – Uma arma não confiável com uma propensão para emperrar no momento vital, bem como com um coldre que produz uma protuberância muito reveladora no casaco.

– Então Beauchamp é nosso inimigo?

– Este homem – disse Holmes, indicando a figura inerte diante de nós –, é o barão Heinrich Holstein, reformado da cavalaria ruritana e um dos confidentes mais próximos do conde de Hentzau. Ele também é o assassino do coronel Sapt.

– O quê!? – Engasguei. – Como pode ter certeza disso?

– Lembra-se do nome Holstein?

– Claro. Você o ouviu mencionado pelo "Chapéu Xadrez" na casa na Burdett Road.

– Exatamente. E o sequestrador que visitou Lorde Burlesdon tinha um estojo de charutos inscrito com as iniciais "H. H.". Ele também fumava charutos pretos, como o faz nosso conhecido aqui, e assim o fazia o assassino do coronel Sapt. Se bem lembrar, comentei que o assassino apreciara uma fumada depois do ato cruel. As cinzas que ele deixou para trás eram de um tipo inconfundível e facilmente identificável para meu olho treinado. Também no cinzeiro no quarto de Sapt encontrei um fósforo queimado que ele usara para acender o charuto. Estava partido em dois. Beauchamp exibiu o mesmo hábito idiossincrático de quebrar o palito de fósforo após o uso. Mesmo quando eu aceitei fogo dele na carruagem, ele partiu o fósforo antes de jogá-lo pela janela. O estojo de charutos que ele me apresentou tem uma tira de fita preta no canto: obviamente para bloquear suas iniciais esculpidas. Foram essas informações que me levaram em minha pesquisa na Baker Street ao nome de Heinrich Holstein, um descendente da casa ruritana de Holstein, uma das dinastias nobres menores deste país. Holstein serviu na cavalaria real até três anos atrás, quando saiu de repente, sob uma grande nuvem.

Holmes enfiou a mão no bolso de Holstein e recuperou o estojo de charutos. Puxando a tira de fita, ele revelou as iniciais "H. H.", como já havia presumido.

– Embora a fita cobrisse as iniciais, não mascarava a insignia aqui. – Holmes apontou para o canto oposto do estojo, onde havia um motivo de uma águia empoleirada em um cetro. – O brasão da família dos Holsteins.

– Toda esta informação você adquiriu antes de sairmos da Inglaterra? – Perguntei com certo espanto.

– Sim. Mas havia mais duas indiscrições dando mais uma prova de que estávamos lidando com um agente inimigo. Ele se referiu ao assassinato de Sapt. Apenas os diretamente envolvidos com a morte do coronel poderiam saber que não foi natural: a história oficial que foi publicada, deve se lembrar, foi que ele morreu de insuficiência cardíaca.

– Qual foi o outro deslize de Holstein?

– Examine a bengala que Holstein carregava – disse Holmes, entregando-me o bastão com punho de prata. Examinei-a com cuidado, mas não consegui ver nada incriminador nela e lhe disse isso.

– Olhe atentamente para a parte superior de prata, Watson, a decoração filigrana.

– Finamente trabalhada. Um desenho de flor inscrito.

– Que flor?

– Ah – exclamei, o entendimento chegando a mim. – A búgula azul!

– Justamente.

– A coragem do homem!

– De fato. Sua arrogância nunca lhe permitiu suspeitar que tais minúcias seriam observadas por alguém que, por meio de raciocínio dedutivo, poderia interpretar esses detalhes e chegar à verdade.

Antes que meu amigo pudesse continuar, veio uma batida pesada repentina na porta. Trocamos olhares preocupados.

– Rápido – disse Holmes suavemente –, fique na frente de Holstein para que ele não possa ser visto da porta e pareça estar falando com ele.

Fiz o que Holmes pediu enquanto ele foi atender a porta. Ao abri-la, ele encontrou Gustav na soleira.

– Estamos bastante envolvidos em importantes discussões privadas no momento. Por favor, volte mais tarde – ordenou Holmes.

O rosto corado de Gustav, que parecia ter perdido um pouco de sua jovialidade, olhou para o quarto sobre o ombro de Holmes para onde eu estava aparentemente em animada conversa com Holstein. O senhorio parecia relutante em sair e hesitou na porta. Enquanto ele fazia isso, Holstein remexeu-se, suas pálpebras tremularam, e ele soltou um gemido abafado. Gustav enrijeceu com isso, quase pressionando contra Holmes para obter uma visão melhor do apartamento.

Holstein gemeu novamente.

– Concordo plenamente – eu disse rapidamente, aparentemente respondendo a um comentário resmungado e eu dei um tapinha no ombro em concordância amigável. Eu, então, virei-me para encarar Gustav, ainda garantindo que eu mascarasse sua visão do inconsciente Holstein. – Deixe-nos, senhorio. Temos questões prementes para discutir.

Com relutância, Gustav nos deixou.

Assim que a porta fechou, os olhos de Holstein piscaram abertos com a consciência plena inundado-o novamente. Ele agarrou os braços da cadeira para empurrar-se de pé enquanto a boca abria para gritar por ajuda. Antes que ele pudesse proferir um som, acertei-lhe um golpe feroz no queixo e ele caiu para trás na cadeira, derrubado inconsciente uma vez mais.

– Bom homem, Watson – disse Holmes. – Pelo menos sua tentativa de pedir ajuda confirma que ele tem amigos aqui e seus amigos são nossos inimigos. Portanto, temos senão pouco tempo antes que ajam contra nós. Ajude-me a amarrá-lo e amordaçá-lo.

Usando um guardanapo como mordaça e uns lençóis rasgados como corda, atamos Holstein com segurança na cadeira.

– E agora? – Perguntei.

– Temos de realizar nossa fuga. Como não podemos partir com dignidade da forma que entramos – ele fez uma pausa e mudou-se para a janela –, esta deve ser nossa saída.

Juntei-me a ele na janela. Havia uma queda de cerca de oito metros para o pátio do estábulo abaixo. Holmes indicou uma trepadeira agarrada à parede alguns metros à esquerda da janela.

– Usaremos isso como escada. Receio que significará deixar nossas maletas, já que elas impedirão nosso progresso. No entanto, devo manter minha bolsa de viagem, já que contém muitos itens que podem revelar-se inestimáveis antes que nossa estada na Ruritânia termine.

– Sem mais foguetes de fumaça? – Sorri.

– Um toque, um toque distinto, Watson.

Rápida e silenciosamente partimos para nossa fuga. Holmes foi o primeiro. Com grande agilidade, ele girou para fora da janela para a hera e escorregou para o chão sem esforço. Ele me fez um sinal para seguir, mas antes que eu fizesse isso, joguei sua bolsa para ele. Ele pegou-a com agilidade. Como eu era mais pesado do que meu amigo, a hera era menos tolerante com meu peso e, antes de chegar ao chão, tive de saltar, já que a folhagem soltou-se da parede.

Corremos para o estábulo em ruínas no lado mais distante do pátio. A sorte estava a nosso lado, pois dentro dele encontramos dois cavalos pregiçosamente mastigando feno. Embora eles parecessem bastante despenteados e decrépitos, eles eram um meio de fuga. Depois de um breve levantamento do estábulo, encontramos alguns arreios passáveis e um par de selas antigas e preparamos os cavalos. Em seguida, nós os levamos para o lado da pousada, a poucos metros da estrada, antes de montá-los.

– Agora, Watson, está pronto para um veloz galope? – Perguntou Holmes com um brilho nos olhos.

– Tão veloz quanto esses pangarés velhos puderem nos dar – respondi, pois certamente nossas montarias pareciam longe de ter agilidade nas patas.

Holmes apontou para baixo do morro.

– Para Strelsau, para procurar lá a residência do embaixador britânico.

Galopamos juntos e logo descobrimos que a aparência dos cavalos era enganosa. Se eles estavam gratos pelo exercício ou se meu conhecimento sobre cavalos era mais limitado do que eu acreditava, não sei, mas eles desceram o caminho em grande velocidade.

Quando chegamos à base, onde a paisagem nivelou, Holmes levantou a mão e me levou a uma parada desordenada.

– O que é?

Seu longo braço estendeu-se e apontou para a estrada à frente de nós.

– Vê aquela pequena nuvem de poeira à distância?

– Sim.

– Cavaleiros vindo para cá em alta velocidade. Seria bastante irônico, não é, se, depois de todos nossos esforços, andássemos direto para um grupo dos Azuis.

— Acha que são os Azuis?
— Provavelmente. No caminho para pegar dois cativos na Cabeça de Javali, eu diria. Seria prudente para nossa segurança que desmontássemos e escondêssemo-nos atrás daquele monte de arbustos ali até que os cavaleiros passem, sejam quem forem.

Fizemos o que Holmes sugeriu e, momentos depois, na verdade, podíamos ouvir o bater dos cascos. Quando eles se aproximaram, ele rastejou de bruços para a frente para obter uma visão dos cavaleiros enquanto cavalgavam.

Havia oito deles e senti um arrepio de excitação quando apareceram, vestidos com seus uniformes azul-claro. Mas foi seu líder, galopando a alguma distância à frente do resto, que prendeu minha atenção. Ele estava ereto na sela, seu chapéu militar inclinava-se em um ângulo garboso. Sob ele estava um rosto cruel: apesar da boca fina, que parecia fixa em um sorriso frio e zombador, os olhos eram impiedosos e duros.

— Aquele — sussurrou Holmes — é Rupert de Hentzau.

CAPÍTULO ONZE
RUPERT DE HENTZAU

A cidade de Strelsau traía suas origens medievais com sua arquitetura antiga e as ruas estreitas de paralelepípedos. Embora estivéssemos no fim do século XIX, o selo de nossa era moderna parecia ter causado pouca impressão aqui. Quando Sherlock Holmes e eu atravessamos a porta de entrada arqueada da capital pouco depois das oito horas da manhã, ficamos impressionados com a originalidade do ambiente: as casas de habitação parcialmente de madeira todas amontoadas, aparentemente inclinando-se sobre a rua para cumprimentarem-se, e os suaves edifícios de pedra adornados com esculturas ornamentadas, todos intocados pelo encardido de fumaça e nevoeiro que denigre tantos edifícios de Londres.

Apesar de ser cedo, havia uma sensação de agitação e atividade. A cidade estava acordada e totalmente engajada no novo dia. Pudemos mesclar-nos facilmente com o fluxo crescente de moradores da cidade conforme iam para seus afazeres. Deixamos nossos cavalos terem um merecido descanso e um saco de feno em um estábulo junto ao portão. Foi aqui que indagamos ao cavalariço por informações para a Friedrichstrasse, a localização da embaixada britânica. Devidamente dirigidos, encontramo-nos nos degraus da porta do pequeno e ajeitado edifício cerca de quinze minutos depois.

Holmes deu seu cartão ao lacaio que atendeu nossa batida. Fomos convidados a esperar no corredor, enquanto o criado corria para informar seu mestre de nossa presença. Ele se ausentou por alguns minutos antes de voltar para nos levar ao escritório do embaixador. Era uma sala elegantemente decorada: cortinas de veludo vermelho penduradas nas janelas, tapetes chineses espalhados pelo chão, e havia cadeiras douradas e um grande lustre de cristal, brilhando à luz da manhã.

Perto da janela, de pé atrás de uma mesa altamente polida, estava um homem baixo, careca, com suíças cinzentas.

– Cavalheiros, cavalheiros! – Exclamou a nossa entrada e correu para nos cumprimentar com apertos de mão calorosos. – Sentem-se. – Ele indicou cadeiras perto do fogo. Holmes tomou a carta de Mycroft de seu casaco e entregou-a a Sir Roger, que sentou-se a nossa frente com as pernas curtas esticadas à frente dele enquanto percorria o documento de forma superficial.

– Devo confessar que estou totalmente confuso, cavalheiros. – Ele deu uma tossida inquieta. – Devem perceber que normalmente minhas funções aqui em Strelsau são puramente de natureza diplomática e, como tal, são bastante rotineiras. Tramas, espiões e agentes desaparecidos estão bastante fora de minha esfera de experiência.

Holmes sorriu com simpatia, mas seus olhos não exibiam calor.

– Ora, ora – continuou nosso anfitrião –, vocês parecem não ter sinais que justifiquem sua chegada tardia. Talvez se importariam de relatar o que causou o atraso.

– Watson é o contador de histórias – devolveu meu amigo, bastante bruscamente.

– Ah, bem – disse Sir Roger e voltou sua atenção para mim com uma subida expectante da sobrancelha. Resumidamente contei os detalhes de nossa viagem, desde nossa façanha na estação de Colônia até nossa partida indigna da Cabeça de Javali. Enquanto eu fazia isso, Holmes impacientemente passeava pela sala, as sobrancelhas unidas de frustração.

– Dou minha palavra – disse o embaixador quando eu concluí –, que conto extraordinário. E estão certos de que o conde Rupert de Hentzau está por trás dessa vilania?

– Absolutamente certos – retrucou Holmes friamente.

– Realmente! Eu sabia, é claro, que ele estava causando alguns problemas ao rei, mas nunca percebi que era tão grave. No entanto, depois de receber o telegrama um tanto enigmático do Sr. Mycroft

Holmes, fui eu mesmo para a estação esta manhã para receber o Golden Lion e, quando vocês não estavam nele, temi pelo pior. – Ele passou a mão pela testa. – Sei que é um pouco cedo no dia, mas com todos esses transtornos, sinto que poderia tomar um pouco de conhaque. Espero que vocês se juntem a mim e então talvez possamos discutir que ajuda que eu posso lhes fornecer. Agora, se me desculparem?

Com isso, ele levantou-se e apressou-se para fora da sala.

O rosto de Holmes estava frio e imóvel.

– O que é, Holmes? Tem agido estranhamente desde que chegamos. Você foi muito rude com Sir Roger.

– Algo está errado aqui, Watson. Não consigo identificar o que por enquanto, mas algo está errado.

– Não me diga que começou a confiar na intuição como base para o julgamento?

– Certamente que não! É minha mente e não meus sentimentos que me dizem isso, mas os processos de pensamento são lentos. Não posso extrair a razão. – Ele apertou os olhos e bateu levemente na testa.

A porta se abriu e Sir Roger Johnson entrou, carregando uma bandeja de prata em que estavam três copos de conhaque e uma garrafa. Ele colocou-a sobre a mesa.

– Este é um conhaque ruritano, misturado nos vinhedos de Zenda. Ele tem um sabor distinto e é um ótimo reanimador.

Sir Roger derramou medidas generosas para nós.

– Esperemos, cavalheiros, que não haverá mais dificuldades para impedir sua missão.

Tomei um longo gole do líquido aquecedor e senti o licor de fogo escorregar por minha garganta. Holmes, que fizera o mesmo, de repente, deu um grito agudo e jogou o copo no chão.

– Pare, Watson – ele exclamou, derrubando meu copo de minha mão.

– O que é?

– Eu sabia que havia algo – disse ele. – Eram as botas novas.

Mas suas palavras já desapareciam de meus ouvidos e as cores vibrantes na sala começaram a se fundir diante de meus olhos. O vermelho das cortinas sangrou nas paredes creme e, conforme eu cambaleei para a frente, vi o chão sob meus pés vindo em minha direção. Percebi, enquanto uma escuridão definitiva tomava conta de mim, que eu fora drogado.

* * *

Acordei com um sobressalto. O choque súbito de água gelada em meu rosto me deixou com falta de ar. Com grande velocidade, fui impulsionado por um túnel escuro até a consciência. Conforme minha visão clareava e meus olhos começavam a focalizar, pude registrar meu entorno. Eu não estava mais na câmara opulenta na embaixada britânica: este novo cenário era mais escuro e mais espartano. Nas paredes, revestidas de carvalho escuro, estavam penduradas várias cabeças de animais e armas antigas. A luz rosada da noite filtrava-se através de duas pequenas janelas a minha esquerda. Várias lâmpadas de óleo e um fogo a lenha em uma lareira de pedra rústica eram as únicas formas de iluminação.

Balancei a cabeça em uma tentativa de limpá-la da droga que havia tomado e para derramar as gotas de água ainda agarradas a meu rosto. Vi que eu estava atado a uma cadeira de madeira, assim como meu amigo Sherlock Holmes, que também havia sido submetido ao tratamento de água fria. O autor deste, ainda segurando um balde gotejante, era Sir Roger Johnson, cujas feições furtivas eram destacadas pelas chamas bruxuleantes.

No entanto, foram os outros dois ocupantes da sala que prenderam minha atenção. Eles ficaram lado a lado assistindo a meu amigo e eu com diversão sardônica. Reconheci a figura alta e a postura rígida do barão Holstein, o brilho de seu charuto suavemente iluminando suas feições. A terceira figura avançou ligeiramente para fora das sombras e, embora eu tivesse apenas uma vez vislumbrado essa face fria e cruel, eu sabia que pertencia ao conde Rupert de Hentzau.

– Fico feliz que estejam acordados, cavalheiros – ele ronronou suavemente. – Bem-vindos ao pavilhão de caça do rei. Lamento que Sua Majestade Real, o Rei Rudolf, não possa estar aqui em pessoa para cumprimentá-los, mas temo que ele não esteja com a melhor saúde. – Ele proferiu uma breve risada sem alegria. – No entanto, sua ausência é de pouca importância, pois muito em breve pretendo assumir a posse, não apenas deste pavilhão, compreendem, mas de todas as propriedades, bens, títulos e apetrechos pertencentes ao rei, incluindo o trono da Ruritânia. – Ele iluminou-se em arrogância malévola, o rosto aceso com aquela centelha de fanatismo que eu observara anteriormente em alguns de nossos adversários prévios que haviam sido alimentados por um sonho perverso. – Tenho certeza de que ficarão gratos em saber que me ajudando em minha ascendência está um conterrâneo seu: um Sr. Rassendyll.

Holmes continuou a permanecer em silêncio; seu rosto, como uma máscara, não traía nenhum de seus pensamentos ou emoções. Esta falta de reação irritou Hentzau, e o sorriso desapareceu de seus lábios.

– O senhor me causou uma certa quantidade de inconveniência, Sr. Holmes – o conde continuou, apontando o dedo enluvado a meu amigo. – Interferiu seriamente em minha operação em Londres, causando a morte de três agentes leais. Escorregou de minha rede em Colônia e até mesmo conseguiu escapar das garras do barão aqui.

Holstein olhou friamente para Holmes, mas não havia raiva na tensão de sua postura.

Rupert de Hentzau retomou:

– No entanto, há uma certa ironia gratificante que o senhor tenha sido finalmente derrubado em sua própria embaixada.

Eu não podia mais permanecer mudo enquanto esta canalha assediava-nos desta forma arrogante. Puxei desesperadamente minhas cordas, sem sucesso.

– Outro de seus impostores e um traidor – Acusei.

– Pelo contrário, Dr. Watson – respondeu Rupert sedosamente –, Sir Roger é um homem sensato que sabe onde repousam seus melhores interesses.

Olhei com desagrado para o vira-casaca, mas ele evitou meu olhar.

– Não seja tão duro com Sir Roger – entoou Rupert. – Um homem entediado e solitário, preso em um país estrangeiro por muitos anos com pouco a fazer... ele precisa de um pouco de diversão, um pouco de conforto. E o poder e o dinheiro são grandes persuasores.

— Também são grandes corruptores e são especialmente eficazes quando utilizados por e para aqueles sem escrúpulos – comentou Holmes casualmente.

— Ah, Sr. Holmes, estou tão feliz que tenha se juntado a nós em nosso pequeno tête-à-tête. Eu, é claro, li sobre suas habilidades e me orgulho que sinta a necessidade de viajar todo o caminho desde Londres, a fim de eu dar-lhe adeus.

Holmes permitiu-se um sorriso tênue.

— Eu deveria ser de fato um pobre espécime se eu permitisse que um sujeito tão inferior como o senhor trouxesse o fim de minha carreira. Homens melhores do que o senhor já tentaram e não conseguiram.

Hentzau riu.

— Que bravata! Amarrado como uma galinha e ainda acredita que tem a melhor cartada. Um triunfo clássico do otimismo sobre a realidade. A doença inglesa, aprendida, sem dúvida, nos campos de jogos de Eton, Sir Roger?

O pequeno traidor parecia desconfortável.

— Vamos acabar com isso. Vamos matá-los e pronto – ele baliu impaciente.

— Vejam como ele está ansioso por seu fim, cavalheiros. Ele mal pode esperar que seu sangue seja derramado – sorriu o conde.

— Ele quer se livrar de nós porque somos símbolos de sua própria traição. É sua própria natureza covarde que o dirige – zombei com desprezo.

Minha observação acendeu uma centelha de fúria animal em Sir Roger e, com um grunhido, o pequeno homem deu um passo adiante, como se para me atacar, mas o conde o conteve.

— Tudo a seu tempo. Você não está sozinho em desejar a eliminação de nossos inimigos. O barão aqui também está ansioso para ver eles sofrerem por sua interferência.

Holstein olhava para nós com os olhos apertados enquanto soprava uma nuvem de fumaça em nossa direção.

— Meu queixo está um pouco machucado – disse ele –, mas eu não guardo rancores. A morte será penalidade suficiente.

Rupert de Hentzau sorriu para seu confederado antes de voltar seu olhar zombeteiro a mim e Holmes.

– Bem, Sr. Holmes e Dr. Watson, temo que seja hora de eu partir, mas, como podem ver, eu os deixo em boas mãos. Infelizmente, tenho tantas coisas urgentes para atender em conexão à chegada do Rei da Boêmia em dois dias que não posso ficar para... presenciar a matança, por assim dizer.

– Conde Rupert – disse Holmes com força –, antes de ir, eu gostaria de dizer uma coisa.

Nosso adversário parecia confuso e, em seguida, mostrou seus dentes.

– Não suas últimas palavras? – Ele jogou a cabeça para trás em um rugido de riso a plenos pulmões. – Anote-as, barão, podemos inscrevê-las em sua lápide.

Holmes não parecia nem zangado, nem desanimado pela resposta de Rupert.

– Bem, detetive, o que tem a dizer? – Disse Hentzau, depois que sua diversão havia diminuído.

– Isto é para o senhor refletir a respeito. Se tomar a coroa, o quanto ela estará segura? Suas próprias ações mostraram o caminho para usurpar a coroa e outros podem aprender e seguir o exemplo. Tome Holstein aqui. Quanto tempo ele vai se contentar em permanecer seu asseclã? "O amor de amigos perversos converte-se em temor" em tais acordos. O senhor terá de estar alerta em todos os momentos, confiando em ninguém. E sempre haverá aqueles defensores da dinastia Elfberg esperando... esperando para arrebatar de volta o que é deles por direito. Pare este jogo louco agora, enquanto tem a oportunidade. Não haverá nenhuma chance mais tarde.

– Um discurso muito bonito, Sr. Holmes. O que não parece perceber é que não posso negar meu destino. Nasci para governar, para usar a coroa de meu país. Rudolf é um rei fraco e ineficaz. A Ruritânia clama por mim. Não posso ignorar esse apelo.

Com estas palavras, Rupert de Hentzau partiu da sala e, momentos depois, ouvimos seu cavalo galopar para longe. Por algum tempo, todos ainda permaneceram na sala, o crepitar e cuspir da lenha eram os únicos sons a quebrar o silêncio.

O barão Holstein foi o primeiro a se mexer. Ele jogou o charuto nas chamas e se virou para Holmes e eu.

— Agora é hora de um pouco de entretenimento — ele anunciou. Seu rosto perdera aquela seriedade jovial que exibira na carruagem na viagem para a Cabeça de Javali. Tornara-se uma máscara dura e sinistra.

Sir Roger Johnson ainda parecia nervoso e pouco à vontade. Eu tinha certeza de que todas as implicações de seu ato traidor haviam se clareado para ele. A promessa de dinheiro e poder haviam escondido de seus olhos gananciosos a realidade da situação. Era como se ele nunca tivesse percebido que haveria esse tipo de derramamento de sangue.

— O que realmente ganhará com isso? — Eu o desafiei. — Trinta moedas de prata? Acha que nossas mortes serão aceitas sem questionamento na Inglaterra? Outros virão investigar. Vai matá-los também?

O rosto de Johnson se contraiu com ansiedade à luz do fogo.

— Vamos acabar com isso — ele sussurrou para Holstein.

— Não seja impaciente demais, meu amigo. Essas foram apenas as palavras angustiadas de um homem desesperado. — Assim dizendo, Holstein mergulhou o atiçador no coração do fogo. — Veremos se esses dois ingleses serão tão corajosos quando eu terminar com eles.

Sir Roger inspirou de forma aguda.

— O que vai fazer? — Perguntou com voz trêmula.

Holstein tocou o queixo.

— Eles deixaram sua marca em mim, por isso vou só devolver o agrado.

— Veja, Watson — disse Holmes urbanamente —, apesar dos rumores em contrário, alguns dos nativos daqui ainda são bárbaros, possuindo a mentalidade do homem de Neanderthal.

Eu podia ver que ele estava fazendo essas piadas provocativas a fim de ganhar tempo, pois, enquanto ele falava, eu podia ver que ele movia os dedos na tentativa de soltar suas amarras. No entanto, seus esforços foram infrutíferos, suas ataduras não se moveram.

Holstein apenas riu com a explosão de Holmes. Puxando o atiçador das chamas, ele segurou sua ponta latejante diante de seu rosto, banhando suas feições em um fraco brilho âmbar.

— Agora, Sr. Holmes, onde devo deixar minha marca? — Ele disse, avançando lentamente em direção a meu amigo.

CAPÍTULO DOZE

A RAINHA FLÁVIA

Os eventos que se seguiram imediatamente à abordagem ameaçadora de Holstein a Sherlock Holmes ocorreram com tal rapidez que, se bem me lembro agora em minha mente, eles cintilam como imagens de uma espécie de pantomima macabra. Parecia que o barão estava prestes a marcar o rosto de meu amigo com o ferro em brasa quando, com uma rapidez que me fez recuperar o fôlego já preso, a porta se abriu no extremo da sala. O barão e Sir Roger se viraram com o barulho e viram, enquadrado na porta, um homem bem-constituído em uniforme militar, brandindo uma espada.

Sem dizer uma palavra, ele invadiu a sala em direção a Holstein que, em reação a esse perigo iminente, atirou o atiçador brilhante no estranho. Ele atingiu o braço do homem e, por um instante, houve o cheiro pungente de material quente antes do atiçador cair chão, para cicatrizar as tábuas. O estranho ficou ileso pelo míssil, mas a breve hesitação dera a Holstein tempo suficiente para pegar um dos floretes que decoravam as paredes.

Sir Roger se encolheu no canto junto à lareira, enquanto os homens se enfrentaram e começaram a atacar e esquivar com suas espadas.

Enquanto nós impotentemente assistíamos aos homens, ambos manipuladores adeptos do florete, em combate, Holmes e eu lutávamos furiosamente com nossas amarras. Puxando tenazmente, comecei a ganhar mais liberdade de movimento conforme as cordas gradualmente afrouchavam. Em meus esforços vigorosos para livrar-me, quase derrubei minha cadeira: quando o pequeno inglês viu isso, seu medo ou sua débil coragem foi estimulada o suficiente para ele pegar um toco de lenha de uma pilha perto da grade e avançar para me golpear com ele. Quando ele se aproximou, Holmes reagiu rapidamente, empurrando as pernas para fora com grande força, fazendo com que o canalha caísse de corpo inteiro no chão. Então Holmes, ainda amarrado à cadeira, levantou-se e, com grande esforço, arrastou-se até a lareira. Ali, ele se virou e bateu a parte de trás da cadeira contra a pedra. Ele fez isso mais duas vezes em rápida sucessão e, com um gemido, estilhaço e estalo de madeira, a cadeira começou a se desmanchar.

Depois de mais um movimento, os braços se separeram do corpo principal da cadeira. Agora Sir Roger ficara instavelmente em pé, mas, com Holmes finalmente livre da constrição, ele pôde desferir um golpe certeiro no enviado traiçoeiro. Com um grito, ele cambaleou para trás, invadindo o caminho dos duelistas, exatamente quando Holstein avançava com sua espada. Ela acertou o traidor assustado e perplexo logo abaixo do coração e, dando um gemido de dor, ele caiu no chão, apertando o peito.

Holstein foi momentaneamente distraído por esse estranho rumo dos acontecimentos e seu adversário pode lançar-se contra ele e furar-lhe no braço. Ele cambaleou para trás com uma arfada e, em seguida, quando o sangue começou a infiltrar-se através da manga de seu casaco, ele soltou um grito frenético de raiva e saltou para a frente contra o estranho. Foi um gesto guiado pela fúria, ao invés da habilidade, e esta ação mal tomada permitiu que o florete do desconhecido encontrasse outro alvo fácil. Holstein gritou com a dor desta ferida e recuou, colidindo com uma cadeira. Seu adversário avançou com o florete.

Agora a dor e a raiva controlavam as ações de Holstein e ele golpeava descontroladamente, o estranho esquivando-se dos ataques com facilidade, movendo-se implacavelmente adiante. Com um grito de raiva, Holstein arremeteu violentamente seu florete, cortando o ar. O estranho agilmente deu um passo para o lado, evitando o ataque, e enfiou a espada no diafragma desprotegido do barão.

Os olhos de Holstein reviravam loucamente de dor e sua boca, movendo-se rapidamente, emitia apenas sons guturais e sufocados, enquanto ele caía contra a parede. Seu adversário rapidamente se adiantou e, com um grito amargo, mergulhou a arma no peito de Holstein. Com uma grosa final de agonia, o barão jogou a cabeça para trás, olhando para nós com o rosto enrugado de dor, mas com um sorriso malévolo e retorcido em seus lábios.

– Adeus – ele resmungou –, um longo adeus a toda minha grandeza. – Ele tropeçou alguns passos, ainda brandindo a espada, antes de afundar de joelhos. Ele deu uma risada amarga e engasgada, com sangue escorrendo agora de sua boca. Por fim, ele caiu de bruços, apenas metros de distância de seu confederado na traição.

Por alguns momentos houve um silêncio com ninguém em movimento. Era como se nós três, Holmes, eu e o estranho, posássemos em algum quadro sangrento. Foi o espadachim que, enfim, quebrou o silêncio.

– Sou Fritz von Tarlenheim, oficial a serviço de Sua Majestade Graciosa, o Rei Rudolf V. – Ele bateu os calcanhares, curvando-se rapidamente.

– Somos amigos de sua causa – respondeu Holmes, oferecendo a mão para nosso campeão.

– Isso eu sei, senhor, ou então não seriam prisioneiros do conde Rupert.

– Sou Sherlock Holmes.

– O detetive inglês?

Holmes deu um aceno de reconhecimento.

Tarlenheim segurou a mão de Holmes mais uma vez e apertou-a entusiasticamente.

– Fico muito feliz em conhecê-lo, senhor. Já li, é claro, sobre sua genialidade.

– E eu – interpus um pouco bruscamente – ainda estou amarrado, cavalheiros.

Ambos sorriram e Holmes rapidamente me libertou.

– Este é meu amigo e biógrafo, o doutor John Watson – ele apresentou quando encontrei-me finalmente livre e apertando a mão de Tarlenheim. – Estamos aqui na Ruritânia – continuou Holmes –

em uma missão que nos foi dada por seu coronel Sapt. Ele nos empenhou em Londres a descobrir o paradeiro de Rudolf Rassendyll. Nossa trilha finalmente nos levou a Strelsau.

— Rassendyll está lá em Strelsau?

— Não posso assegurar que ele seja mantido na capital, mas ele certamente está em seu país.

Tarlenheim parecia ao mesmo tempo perplexo e alarmado.

— Talvez, Sr. Holmes, seja melhor contar-me sua história na íntegra.

Enquanto as chamas na lareira diminuíam, Sherlock Holmes, com a economia de palavras e a precisão de detalhes que eram uma segunda natureza para ele, narrou os elementos essenciais da visita de Sapt a nossos aposentos até o momento em que fomos drogados na residência do embaixador. Quando Holmes chegou à parte em sua narrativa que lidava com o assassinato de Sapt, Tarlenheim deu um gemido angustiado e atingiu a lareira com o punho.

— Rupert pagará por isso com seu próprio sangue — ele prometeu. — Pelos céus, mesmo se eu tiver de sacrificar minha própria vida no processo, ele pagará por isso!

Por alguns instantes, nosso libertador lutou com suas emoções mistas de tristeza e raiva até que ele recuperou a compostura e pediu a Holmes para continuar. Quando Holmes havia concluído, Tarlenheim encostou-se na lareira, olhando pensativamente para as brasas.

— A situação é muito pior do que eu imaginava — disse ele, por fim. — Pensava que tivéssemos os movimentos e operações encobertos de Rupert e os Azuis sob rigorosa vigilância. Obviamente, eu estava errado. No entanto, estou convencido de que Rassendyll não está sendo mantido no castelo de Zenda ou na estalagem Cabeça de Javali ou na guarnição principal dos Azuis, o palácio em Berenstein. Temos todos esses lugares sob vigia o tempo todo por nossos agentes. Assim como este pavilhão de caça.

Ele virou-se do fogo para nos encarar. Ele era um indivíduo bem constituído e atarracado, com um rosto bonito, com traços amplos adornados por um bigode luxuriante e olhos castanhos e sensíveis.

— Rupert, recentemente, começou a realizar conferências aqui à noite, uma vez que não é mais usado pelo rei. É claro, é a cena de seu triunfo anterior. Este foi o pavilhão onde o rei foi drogado e, finalmente, sequestrado no dia de sua coroação. Foi só na semana passada que eu pus meus homens a vigiar este lugar de um esconderijo na floresta. – Ele relaxou suas feições sérias ligeiramente. – É ao oficial em serviço que devem suas vidas, porque quando viu Rupert chegar com Holstein, outro homem e dois prisioneiros drogados, ele informou-me imediatamente e achei apropriado investigar.

– Estamos extremamente gratos que o fez – assegurei a ele.

– Diga-me – interpos Holmes –, o senhor já estava ciente da cumplicidade de Sir Roger Johnson?

– Nós suspeitávamos, mas não havia nenhuma prova definitiva, ou então teríamos relatado o assunto ao governo britânico e tomado medidas nós mesmos.

Instintivamente todos nós olhamos para a forma amassada do embaixador britânico. Há algo inerentemente triste sobre um companheiro compatriota que virou a casaca, e ainda assim eu não podia encontrar piedade alguma em meu coração para aquele homenzinho inescrupuloso.

– O fato de que Rassendyll está aqui na Ruritânia – continuou Tarlenheim – e sob restrição para representar o rei, cria uma crise para nós. Temos tão pouco tempo para agir. O Rei da Boêmia chega em dois dias. O que podemos fazer?

– Para começar, é imperativo que nós não desanimemos – aconselhou Holmes. – Nossa tarefa mais urgente é descobrir onde Rassendyll está sendo mantido pelos Azuis.

– Mesmo se formos capazes de fazê-lo, como ele pode nos ajudar? Se Rassendyll adotar qualquer ação contra Rupert, ele será exposto pelo conde e os detalhes completos do escândalo da coroação serão revelados, destruindo toda a credibilidade para ele e a linhagem real.

– Hentzau parece ter-nos de mãos atadas – observei melancolicamente.

Holmes colocou a mão tranquilizadoramente no ombro de Tarlenheim.

– Embora este seja um jogo perigoso e precário com, como parece, Rupert segurando todos os ases, Sherlock Holmes ainda tem alguns trunfos para jogar.

A declaração de Holmes aliviou um pouco as feições preocupadas de Tarlenheim.

— Cavalheiros — disse ele, chegando a uma decisão —, sugiro que retornemos ao Palácio Real em Strelsau e informemos a rainha da situação.

* * *

Tenho uma experiência com mulheres que se estende por muitas nações e três continentes distintos, mas posso dizer que nunca vi uma mulher cujo rosto combinasse tal beleza radiante e serenidade graciosa como o de Flávia, Rainha Consorte da Ruritânia. Suas feições eram delicadas e sua pele, que eu suspeitava fosse naturalmente pálida, tinha uma transparência que irradiava beleza. O albescência de sua complexão era reforçada pelo cabelo negro e contrastante que moldava seu belo rosto. Sua maneira era gentil e recatada em vez de régia, mas isso adicionava a sua atração. Sherlock Holmes, que raramente notava as feições de uma mulher além de como fonte para dedução, estava visivelmente tomado por sua aparência.

Nós conhecemos a rainha em seus aposentos particulares no palácio mais tarde na mesma noite. Tarlenheim engajara-se com Sua Majestade em uma entrevista particular por algum tempo antes que Holmes e eu fôssemos levados a sua presença. Enquanto isso, Holmes e eu recebêramos aposentos próprios e pudéramos nos lavar e enfeitar em prontidão para nossa audiência com a rainha.

Após Tarlenheim nos apresentar, ela tomou nossas mãos e nos cumprimentou calorosamente. Então, sem aviso, sua máscara de simpatia escorregou e suas feições nublaram com tristeza, seus olhos crescentemente úmidos, conforme ela se virou para longe de nós para esconder as lágrimas.

Tarlenheim olhou sombriamente para nós.

— Parece que toda a boa fortuna está se voltando contra nós, cavalheiros. Recebemos esta noite o maior golpe possível. O rei está morto.

— Morto? — Engoli em seco.

A RAINHA FLÁVIA

— Seu corpo enfraquecido finalmente desistiu da luta contra a febre cerebral.

Eu gemi involuntariamente. Sherlock Holmes não disse nada, mas vi que ele estava tão chocado quanto eu com estes trágicos acontecimentos. Eram notícias esmagadoras e pareciam erradicar toda a esperança de derrotar com sucesso os esquemas de Rupert. Agora, não havia rei e nenhum herdeiro ao trono e não havia nenhum obstáculo para impedir que o conde de Hentzau, com o poder dos Azuis atrás de si, tomasse o reino.

Controlando os soluços, a rainha voltou-se para nos encarar, enxugando os olhos com um lenço translúcido.

— Ele não era o homem que eu amava — disse ela em voz baixa, quase para si mesma ao invés de para nós —, e nos últimos tempos ele não era sequer o homem com quem eu casara, mas... ele era meu rei. — Ela fechou os olhos por um momento antes de continuar. — Com Rudolf morto, não há nenhuma maneira de impedir o conde Rupert...

Holmes deu um passo adiante.

— Perdoe-me, Vossa Majestade, mas acredito que há. A morte do rei é um retrocesso considerável, não nego isso, tanto pessoalmente para a senhora e para a causa Elfberg, mas isso não deve deter-nos em nossa missão de impedir que Rupert de Hentzau tome a coroa e estabeleça uma nova dinastia. — Suas palavras foram ditas suavemente, mas com uma resolução firme e persuasiva que tinha potência quase mágica. — Devemos, a todo custo, manter a morte do rei em segredo, pois não só nos dará mais tempo para desenvolver nossos planos e tomar medidas contra nossos inimigos, mas também, se a notícia chegasse ao acampamento dos Azuis, removeria tuda a necessidade de manter Rassendyll vivo.

Os olhos da rainha se arregalaram de espanto e ela colocou a mão na boca para abafar um grito.

— É verdade, Vossa Majestade — eu concordei. — Que necessidade tem Rupert de um rei impostor quando o verdadeiro rei está morto?

Flávia balançou a cabeça tristemente.

– O que devemos fazer? – Perguntou ela, mas, antes que alguém pudesse responder, ela virou-se de repente, agarrando o braço de meu amigo. – Fritz me diz que o senhor é um homem muito inteligente e engenhoso, Sr. Holmes. Pode nos ajudar?

– Acredito que posso – respondeu suavemente o detetive. – Se a senhora me permitir assumir o comando das operações, tenho um plano que estou confiante que pode ter sucesso.

A rainha estudou Holmes por um momento e, em seguida, lançou um olhar questionador sobre Tarlenheim, que respondeu rapidamente:

– Acho que nossa única esperança é fazer o que o Sr. Holmes desejar.

Ela assentiu e inclinou a cabeça para meu amigo graciosamente.

– Muito bem, Sr. Sherlock Holmes, o futuro da Ruritânia está em suas mãos.

CAPÍTULO TREZE
O PAVILHÃO NO LAGO TEUFEL

Como a meia-noite se aproximava, Holmes e eu estávamos de volta em nossos aposentos no palácio real discutindo com Tarlenheim qual seria nosso próximo passo. A Rainha Flávia retirara-se mais cedo, depois de expressar sua gratidão a Holmes e solicitar que Tarlenheim a mantivesse plenamente informada sobre nossas decisões.

Meus sentimentos iam para esta adorável senhora que estava tão isolada em sua tragédia. A carga do título e dever pesavam muito mais quando tristezas pessoais invadiam o coração. Devia parecer para ela, pensei, que a rocha sobre a qual ela construíra sua vida e que compensara por seu amor perdido, Rassendyll, rapidamente se esfarelava.

Holmes pedira um mapa da Ruritânia, sobre o qual se debruçava com sua lupa. Esta, e a parafernália misteriosa contida em sua bolsa de viagem, haviam sido recuperadas por um dos homens de Tarlenheim mais cedo naquela noite do estábulo onde haviam sido deixadas. Finalmente, o longo dedo de Holmes localizou um ponto no mapa.

– Estou convencido de que Rassendyll é mantido aqui – anunciou. Tarlenheim examinou o local.

— No Lago Teufel! — Ele comentou com espanto.

— Não no lago, meu amigo, mas no pavilhão de pescaria do falecido rei — explicou Holmes.

O ruritano parecia duvidoso.

— O que o leva a essa conclusão?

— Vários pequenos detalhes. Holstein, em sua confiança arrogante, na verdade apontou o pavilhão para nós no caminho para a Cabeça de Javali, pensando que não viveríamos o suficiente para utilizar essas informações, mesmo se nós compreendêssemos sua importância. Ele nos disse que o pavilhão estava agora totalmente negligenciado, mas eu observei claramente o sol da manhã brilhando nas janelas. A luz solar não brilha em vidraças negligenciadas e sujas. Havia também um pequeno e brilhante barco a remo amarrado nos juncos, logo abaixo do pavilhão. Os estragos do tempo e do clima teriam afundado o barco ou o afastado há muito tempo, a não ser, é claro, que o barco esteja em uso e o pavilhão ocupado. Também é verdade dizer que Rupert, na utilização do pavilhão de pesca para seus próprios fins, está seguindo sua política de assumir todas as propriedades do rei que não estiverem em atual uso.

A mudança de expressão no rosto de Tarlenheim enquanto meu amigo falava foi mais notável. Seus traços passaram de descrença a emoção reprimida.

— É, naturalmente, possível — ele admitiu. — O pavilhão está perto o suficiente do castelo de Zenda para ser de grande conveniência para Rupert. Pelo menos vale a pena investigar de manhã. Levarei um grupo de homens comigo e vasculharemos o lugar.

— Não! — Exclamou Holmes. — Essa é a última coisa que deveria fazer. Temos de ir, nós três sozinhos, sem sermos observados. Precisamos ver o pavilhão de uma distância segura para verificar o que exatamente está acontecendo lá.

Tarlenheim vestiu-se de uma expressão preocupada.

— Por favor, confie em mim. A situação é muito delicada para ser resolvida pela utilização de força. Astúcia, frieza e cautela é que nos servirão melhor.

— Não me dirá o que tem em mente? Não gosto de agir sem saber o motivo.

– Tudo a seu tempo. Por favor, tenha paciência comigo. Minhas ideias não estão, por enquanto, claramente formuladas em minha própria mente e são, em certa medida, dependentes dos resultados de nosso reconhecimento. Não vou mantê-lo no escuro por mais tempo do que o necessário, eu garanto.

– Muito bem – respondeu Tarlenheim relutantemente. – A que horas vamos começar?

– Bem, como Watson e eu passamos a maior parte do dia em sono profundo, poucas horas de descanso devem deixar-nos revigorados e prontos para sair.

– Muito bom. Trata-se de uma hora de viagem até o pavilhão. Poderemos chegar antes do nascer do sol.

– Excelente. Você está conosco, não é mesmo, Watson?

– Certamente – assegurei –, mas eu gostaria de um desjejum antes de partir.

Os dois homens riram.

– Claro, velho amigo. Tenho certeza de que nosso amigo, Tarlenheim, conseguirá arranjar algo.

– Algo quente – solicitei, lembrando-me dos frios e queijos de meu desjejum anterior.

– Quando Rudolf Rassendyll estava no palácio, ele começava cada dia com presunto e ovos. Isso serviria, Dr. Watson? – Perguntou Tarlenheim.

– Serviria muito bem – eu sorri.

* * *

Algum tempo antes do amanhecer do dia seguinte, ainda aquecidos com o desjejum prometido, partimos a cavalo para o Lago Teufel e o pavilhão de pesca do rei. Era uma noite sem lua, com algumas estrelas no céu anil, e Holmes e eu mantínhamo-nos muito perto de Tarlenheim conforme ele conduzia o caminho. Pouco depois de deixarmos a cidade, mergulhamos na Floresta de Zenda. No escuro, nenhum caminho distinguível podia ser detectado, mas Tarlenheim manobrava através da folhagem espessa sem hesitação. Logo o céu começou a clarear e pudemos ver o brilho da água cinza através das árvores. Em seguida, chegamos a um dos maiores carvalhos que já vi, seus galhos enormes entrando na floresta circundante.

– Esse é o carvalho Elfberg – disse Tarlenheim. – A história diz que foi plantado no século XV por Gustav, o primeiro dos monarcas Elfberg. Deve ficar em pé enquanto ainda houver um Elfberg no trono da Ruritânia.

– Parece robusto o suficiente para repelir até mesmo o desafio de Rupert – comentou Holmes sarcasticamente.

Nós havíamos recém passado o grande carvalho quando Tarlenheim acenou-nos para parar.

– Acho que seria sábio andarmos o restante, cerca de meia milha – disse ele, desmontando.

Holmes e eu seguimos o exemplo e amarramos nossos cavalos no meio de uma moita espessa de arbustos, onde ficavam bastante escondidos da vista. Nós passamos por um caminho batido por uma curta distância, até Tarlenheim guiar-nos a deixá-lo para continuar nossa viagem cortando o mato grosso. Quando nos aproximamos do pavilhão de pesca por trás, o chão subiu gradualmente. Ao chegarmos ao topo de uma escarpa gentil, nos encontramos olhando para o pavilhão cerca de quatro metros abaixo.

Estava quieto e silencioso, sem nenhum sinal de vida, exceto, como Holmes apontou, por colunas de fumaça cinza emergindo da chaminé.

– Bem, alguém está na residência – ele sussurrou. – Fiquem à vontade: podemos ter uma longa espera.

Da forma como os acontecimentos se desenvolviam, havia grande verdade na profecia de Holmes, mas não demorou muito para que pudéssemos testemunhar alguma atividade.

O sol alaranjado subia no céu, apenas começando a aquecer o ar e dispersar a névoa da hesitante manhã esvoaçando do lago, quando ouvimos a porta da frente do pavilhão abrir; um homem de calças escuras e uma camisa rústica sem colarinho saiu, espreguiçando-se. Ele estava de costas para nós, mas, pela altura, constituição e cobertura de cabelo ruivo escuro, era evidente que se tratava de Rudolf Rassendyll. Virei-me entusiasmado para Holmes, que acenou casualmente em confirmação a minha suposição.

Tarlenheim também mostrou sinais de grande excitação com nossa descoberta.

– Isso é maravilhoso – ele sussurrou.

Quando Rassendyll virou-se, o que nos permitiu ver seu rosto pela primeira vez, pude notar por mim mesmo sua semelhança impressionante com Rudolf V. É verdade que só vira fotografias do governante ruritano, mas a meus olhos Rassendyll, mesmo sem o uniforme real, era a imagem espelhada do rei.

Outra figura surgiu do pavilhão, vestindo a túnica dos Azuis e carregando um rifle. Ele se aproximou de Rassendyll, proferindo algumas palavras para ele que não podíamos ouvir. Enquanto os dois homens estavam envolvidos na conversa, o oficial virou-se, permitindo-nos um vislumbre de seu rosto. Ele era um homem de meia-idade, com o nariz quebrado e a tez pálida.

– Esse é o capitão Salberg, um dos oficiais de maior confiança de Rupert – sussurrou Tarlenheim.

Os dois homens pareciam estar à vontade um com o outro e em termos amigáveis, mas Salberg nunca relaxou seu controle sobre o rifle. Juntos eles vagaram até a beira da água.

– Pergunto-me quantos mais dos homens de Rupert estão dentro do pavilhão – consultei.

– Só o tempo dirá, mas suspeito que não haverá muitos, pois parece ser uma espécie de prisão relaxada. Rupert tem pouca preocupação que Rassendyll tentará escapar. Os guardas estarão lá para impedi-lo de ser levado, ao invés de impedi-lo de fugir – observou Holmes.

Tarlenheim puxou seu rifle para a frente e apontou na direção de Salberg.

– Eu poderia facilmente acertá-lo – afirmou ele –, e então poderíamos pegar Rassendyll e escapar.

– Além de resgatar Rassendyll de seus inimigos, essa ação não faria nada a não ser ferir nossa causa – respondeu Holmes.

Tarlenheim franziu a testa, mas baixou o rifle.

– Sei que está certo, senhor, mas a oportunidade é muito tentadora.

Enquanto ele falava, outro homem apareceu do pavilhão vestindo um avental branco em volta da cintura. Ele chamou os outros dois e voltou para dentro.

— Parece que o desjejum está servido — eu disse melancolicamente.

— Não me diga que está com fome novamente, doutor — comentou Tarlenheim com o que eu tomei ser um brilho nos olhos.

— Pelo que vemos — disse Holmes —, parece que há apenas dois homens guardando o Sr. Rassendyll.

— Pode haver outros no interior.

— Verdade, Watson. Teremos de esperar para ver.

Nada aconteceu nas duas horas seguintes e então Rassendyll e Salberg surgiram mais uma vez. O oficial ainda carregava seu rifle, enquanto Rassendyll estava sobrecarregado com equipamento de pesca, que ele despejou em um barco a remo amarrado à beira do lago. Puxando o barco dos juncos, os dois homens subiram a bordo. Percebi que esse devia ser o barco que Holmes espiara da carruagem em nossa jornada para a Cabeça de Javali. Com Rassendyll manejando os remos, eles rumaram para o centro do lago. Agora o sol estava bem acima, sua reflexão brilhante sobre as águas azuis.

Sherlock Holmes agitou-se a meu lado.

— De alguma forma eu tenho que falar com Rassendyll sozinho, sem que seus captores saibam — disse ele. — Preciso informá-lo da situação em seu estado atual e incluí-lo em nossos planos.

— Como vai conseguir isso? — Perguntei.

— Terei de entrar no pavilhão sem ser visto e esconder-me no quarto de Rassendyll até que eu possa falar com ele em particular.

— E se Watson e eu dispararmos nossas armas mais atrás na floresta? Quem quer que reste no pavilhão seria obrigado a deixá-lo e investigar. O desvio lhe daria tempo suficiente para entrar sorrateiramente no pavilhão sem ser observado.

— Muito arriscado. As suspeitas seriam despertadas. É imperativo que eles não suspeitem de nada.

— O que então sugere?

Antes que Holmes pudesse responder à pergunta de Tarlenheim, ouvimos o som de cascos na distância. Aos poucos, o som ficou mais alto e, em seguida, saindo da floresta e entrando na clareira perto do pavilhão, veio um cavaleiro vestido com o uniforme dos Azuis. Ele desmontou a alguma distância do edifício e esperou. Momentos depois, o homem que víramos anteriormente vestindo o avental branco

reapareceu, mas agora vestido com o uniforme completo e, depois de trocar breves palavras com o recém-chegado, montou o cavalo e dirigiu-se de volta ao caminho na floresta.
– Obviamente mudando guarda – disse eu.
Holmes assentiu.
– Sim. E isso parece confirmar que há apenas dois deles. Agora é o momento ideal para agir. Enquanto Salberg está no lago, se pudermos distrair este novo companheiro tempo suficiente para eu conseguir entrar no pavilhão...
Enquanto Holmes dizia isso, um pensamento preocupante me atingiu.
– Mas como, finalmente, escapará?
– Terei Rassendyll para me ajudar nessa operação. É a questão de distrair o guarda sem levantar suas suspeitas que é o verdadeiro problema.
– Tenho uma ideia – proclamei, conforme um plano brilhou em minha mente. Ansiosamente eu delineei a estratégia para meus dois companheiros.
– Excelente, Watson – disse Holmes, sorrindo. – Simples, mas eficaz. Não vejo nenhuma razão pela qual não devamos arriscar colocá-lo em funcionamento imediatamente.
Tarlenheim assentiu com a cabeça.
– Darei cobertura ao bom doutor com meu rifle – disse ele, acariciando sua arma.
Depois de mais alguns breves refinamentos do plano, colocamo-no em ação. Holmes, agachando-se, moveu-se rapidamente para o trecho de floresta atrás do pavilhão. Depois de permitir-lhe tempo para deslizar abaixo a inclinação para a parte traseira do edifício, retornei através da floresta para onde escondêramos os cavalos e, em seguida, juntei-me à via principal.
Minutos mais tarde, com o coração batendo rápido, emergi das árvores na clareira a alguns metros do pavilhão de pesca. A propagação da água melancólica ondulava a minha direita e eu podia discernir, longe da costa, a silhueta do pequeno barco com seus dois ocupantes. Assobiei alto e alegremente e, com o máximo de despreocupação que pude reunir, aproximei-me do pavilhão. Antes que eu cobrisse muitos

metros, a porta se abriu e o oficial dos Azuis saiu correndo com um rifle mirando em minha direção.

– Alto! Não venha mais longe! – Ele gritou enquanto me confrontava.

Fiz como pedido com um ar de perplexidade casual.

– Certamente, meu bom homem – respondi alegremente. – Não me diga que estou invadindo? Asseguraram-me de que eu tinha o direito de passagem por essa floresta.

O homem se aproximou de mim com cautela e me cutucou com seu rifle.

– Quem é você? – Ele latiu.

– Hawkins é o nome. Anthony Hawkins. Súdito inglês. – Inclinei-me com educação. – Estou em uma espécie de passeio por seu belo país. Já ouvi muito sobre a Floresta de Zenda e do lago que não pude resistir a dar uma olhada eu mesmo. Espero que não tenha infringido nenhuma lei.

O oficial me olhou com dúvida. Enquanto ele o fazia, pude detectar movimento atrás dele no canto distante do pavilhão. Holmes fazia sua jogada.

– Mostre-me seus documentos.

– Temo não tê-los comigo. Para ser honesto, realmente não pensei que precisaria deles para um passeio na floresta. Eles estão na pousada com o resto de minha bagagem. Quer voltar comigo para inspecioná-los? – Virei-me, como se para refazer meus passos.

– Pare onde está! – Ele retrucou com raiva e eu senti um calafrio de medo quando ouvi o armamento de seu rifle. Foi então que percebi que, embora estivesse sendo coberto, se este oficial dos Azuis decidisse atirar, seria improvável que Tarlenheim pudesse retaliar antes que o ato fosse completado. Virei-me e dirigi-me ao oficial irritado:

– Devo dizer, espero que não pretenda usar essa arma contra mim. Quero que saiba que tenho conexões na corte britânica. Sua Majestade Real a Rainha Vitória e seu governo não tomariam levemente se eu fosse morto. E isso, meu bom homem, certamente significaria problemas para o senhor.

O ruritano franziu a testa e, por um breve momento, havia sinal de incerteza e preocupação em seu olhar. Foi então que me senti confiante de que poderia blefar com sucesso minha saída da situação complicada que eu fabricara para mim mesmo.

– Olhe aqui – continuei em um tom mais razoável –, se eu transgredi alguma lei da propriedade, isso foi feito com toda a inocência, garanto-lhe, e peço desculpas. Estou disposto a pagar uma multa, mas, lembre-se, se for um grande volume, terá de aceitar dinheiro inglês. Tenho apenas alguns marcos ruritanos comigo.

Houve uma longa pausa, durante a qual ele continuou a me olhar com desconfiança, enquanto ele tentava decidir-se sobre este bizarro intruso britânico. Seu rosto refletia a incerteza que sentia sobre minha história, mas fiquei aliviado ao ver seu dedo relaxar no gatilho do rifle. Por fim, ele falou:

– Volte por onde veio, inglês, e mantenha-se fora da floresta no futuro. É a reserva real.

– Certamente – eu disse com cortesia untuosa. – Sinto terrivelmente por ter lhe incomodado. Posso assegurar-lhe que não acontecerá novamente. Tenha um bom dia. – Eu sorri, toquei meu chapéu e, com um agradável senso de alívio, fiz o que ele mandou.

Andei por uma certa distância de volta pelo caminho, ainda adotando meu ar despreocupado, sem me atrever a olhar para trás, caso o homem estivesse me seguindo. Depois que havia andado dois terços de uma milha, eu sorrateiramente verifiquei que não estava sendo seguido e, então, saí da trilha, mergulhando mais uma vez no mato profundo. Tão rapidamente quanto pude, fiz o caminho de volta para nosso esconderijo, onde Tarlenheim ainda mantinha vigília.

Ele me cumprimentou com um sorriso largo.

– Uma boa performance, *Herr Doktor*[13]. Deixou-me totalmente convencido.

Dei um sorriso e um aceno de gratificação.

– Será que Holmes teve sucesso?

– Sim. Ele teve acesso ao pavilhão através de uma janela na parte de trás.

– Bom – eu disse com alívio, acomodando-me no esconderijo mais confortavelmente. – Agora tudo o que podemos fazer é esperar.

---

13 Nota do tradutor: alemão, "senhor doutor".

* * *

No fim da tarde, Rassendyll e Salberg voltaram da viagem de pesca, carregando várias grandes carpas como prova de seu sucesso.

Comecei a ficar preocupado com Holmes e perguntava-me se ele conseguira se esconder com segurança no pavilhão. No fundo de minha mente estava a possibilidade preocupante que a Rassendyll não era permitida nenhuma privacidade em seu cativeiro e que Holmes não teria, assim, oportunidade de falar com ele sozinho e, o que era pior, não teria meio de fuga.

O sol começou a se pôr e o dia a desvanecer, mas tudo o que Tarlenheim e eu podíamos fazer era permanecer onde estávamos, esperando. Holmes poderia ter sido descoberto e levado como prisioneiro pelo que sabíamos. Não havia como saber. Só o tempo diria.

Conforme as estrelas começaram a furar o céu da noite, o ar ficou frio. Consultei meu relógio, mas estava ficando escuro demais para ver os números de forma clara. Na escuridão invasora, senti a floresta ganhar vida com criaturas da noite. Havia sussurros estranhos e gritos assustadores, todos contribuindo para um mal-estar geral calculado para deixar os nervos no limite.

Finalmente, as luzes se apagaram no pavilhão e a fumaça da chaminé morreu. Apesar do frio e da ansiedade que sentia, meus olhos começaram a pesar e desloquei-me furtivamente em uma tentativa de me manter acordado e para aliviar a rigidez que meus membros sentiam depois de ficar deitado na mesma posição por um longo tempo.

– Não faz muito sentido observar o pavilhão agora – disse Tarlenheim, afastando-se da borda da escarpa. – Nesta escuridão é impossível ver qualquer coisa com clareza.

Quando me virei para concordar com ele, veio uma agitação na grama atrás de nós mais distinta do que eu ouvira anteriormente. Nós dois nos viramo abruptamente na direção do barulho. Ao longe, nas profundezas da floresta, uma coruja gritou seu apelo noturno, tensionando ainda mais meus nervos.

E então eu vi, a uma pequena distância de nós na escuridão da floresta, o vago esboço de uma figura rastejando em nossa direção.

CAPÍTULO QUATORZE

RASSENDYLL

— Boa noite, cavalheiros. Desculpem tê-los mantido esperando – disse uma voz familiar.
 – Holmes, que maravilhoso. É você – sussurrei roucamente.
– Quem esperava? Rupert de Hentzau? – Holmes riu suavemente.
– Sua missão, ela foi bem-sucedida? – perguntou Tarlenheim.
– Na verdade, sim, mas sugiro que nos retiremos para um ambiente mais quente e mais agradável antes de discutirmos o assunto.

Quase duas horas depois, estávamos de volta em nossos aposentos no palácio em Strelsau, instalados diante de um fogo a lenha. Tarlenheim e eu estávamos devorando tigelas de guisado apetitoso fornecidas por uma das empregadas da cozinha que ele havia despertado de seu sono para atender-nos. Aos poucos, comecei a sentir o calor natural e a maleabilidade retornarem a meus membros. Holmes sentou-se perto da lareira, com o cachimbo na mão, fazendo-nos um resumo de suas aventuras.

– Apesar de sua aparência exterior, o pavilhão de pesca é bastante compacto. Há uma sala de estar central, onde também são feitas as refeições. Há dois banheiros, uma cozinha e quatro quartos, três dos quais estavam sendo usados. Quando entrei através de uma das janelas de trás, tive de decidir rapidamente qual dos quartos era ocupado por Rassendyll. Apesar de seu excelente trabalho em distrair o guarda, sua desenvoltura nunca deixa de me surpreender, velho companheiro, ainda tinha pouquíssimo tempo para tomar minhas decisões. Felizmente, pude observar a escova de cabelo no segundo quarto em que entrei e vi vários fios de cabelo ruivo finos presos nas cerdas. Restava-me então o expediente bastante indigno de me esconder debaixo da cama.

– E lá fiquei por um tempo considerável. Rassendyll retornou cerca de cinco horas da tarde e espalhou-se na cama para um cochilo. Quando me convenci de que ele estava sozinho e tive certeza de que ele dormia, pelo som de sua respiração regular e pesada, decidi sair de meu esconderijo e tornar minha presença conhecida a ele. Estava prestes a fazê-lo quando a porta se abriu e entrou Salberg. Ele parecia fazer uma verificação de rotina a seu cativo, pois, vendo que Rassendyll dormia, ele se retirou sem perturbá-lo.

– Depois de alguns minutos de intervalo, deslizei de debaixo da cama e fui trancar a porta, mas a trava havia sido removida, obviamente, como medida de precaução. Apesar da relação aparentemente amigável que Rassendyll tinha com seus carcereiros, eles não confiavam nele. Escorreguei uma cadeira sob a maçaneta da porta para atuar como bloqueio caso fosse interrompido antes que eu tivesse realizado o que vim fazer. Ela não impediria a entrada forçada, mas poderia me permitir uma fração de tempo para esconder-me de novo antes que os intrusos interrompessem.

– Enquanto posicionava a cadeira, Rassendyll agitou-se. Corri para a cama e apertei minha mão sobre sua boca. Seus olhos se abriram em alarme.

– Sou um amigo da Inglaterra – sussurrei em seu ouvido urgentemente. – Por favor, não faça barulho ou estaremos acabados e a Rainha Flávia condenada.

– Seu rosto registrava choque e perplexidade, mas ele balançou a cabeça em concordância e eu senti seu corpo relaxar um pouco. Tão rapidamente e tão brevemente quanto pude eu disse a ele quem eu era e por que eu estava lá. Contei sobre a visita de Sapt à Baker Street, seu posterior assassinato por Holstein, nosso salvamento do sobrinho de Rassendyll e nosso encontro com o conde Rupert. Finalmente, contei-lhe da morte do Rei.

– É compreensível que ele ficou chocado com minhas revelações e eu pude ver as emoções conflitantes de desespero e fúria atravessarem seus pensamentos. No entanto, antes que ele pudesse responder de forma coerente, ouvimos um barulho no corredor do lado de fora da sala. Rapidamente, sem dizer uma palavra, ele pulou da cama e correu para remover a cadeira de bloquear a porta, enquanto eu escorreguei de volta para baixo da cama. Rassendyll havia recém balançado a cadeira de volta para a penteadeira aonde pertencia, quando a porta se abriu e entrou Salberg.

– Nosso jantar estará pronto em breve, Sr. Rassendyll, Vossa Majestade. Peço-lhe para se juntar a nós à mesa e, em seguida, depois que tivermos comido, eu gostaria de uma outra oportunidade de arrasá-lo no xadrez. – Embora ele falasse de uma maneira casual e quase amigável, havia um tom duro e sarcástico em sua voz.

– Espiando sob a colcha, pude ver que Rassendyll fingia examinar alguma característica ou marca em seu rosto no espelho da penteadeira. Ele virou-se rapidamente para Salberg e respondeu com um ar preocupado:

– Estarei com você em breve.

– Salberg resmungou alguma resposta e saiu. Ao som de seus passos se afastando, Rassendyll se agachou perto de meu esconderijo.

– Tenho de ir agora, ou parecerá suspeito. Após o jantar, terei de jogar com este desgraçado no xadrez. Vou deixá-lo vencer e fingir que tenho uma dor de cabeça e preciso ir para a cama cedo. Então poderemos falar mais.

– Já era consideravelmente mais tarde quando Rassendyll voltou e pudemos continuar nossa conversa. Nesse meio-tempo, ocupei-me naquele espaço confinado em definir meu plano proposto em mínimos detalhes. Ao retornar, Rassendyll me disse tudo o que sabia sobre o esquema de Rupert. Quando o Rei da Boêmia chegar por via ferroviária no posto aduaneiro da fronteira depois de amanhã, ele será recebido por Hentzau e Rassendyll, posando como o Rei Rudolf. Juntos, eles embarcarão no trem real para saudar o monarca boêmio e, com ele, viajar para Strelsau, onde a Rainha Flávia deve esperá-los. Rupert deve pensar que Rudolf está vivo, mas muito "doente" para quaisquer aparições públicas.

— A multidão, ao ver Rassendyll emergir do trem em Strelsau, vai aceitá-lo como rei e, em tais circunstâncias públicas, Flávia, apresentada com este *fait accompli*[14], terá de seguir o exemplo. Assim Rupert terá feito sua primeira jogada bem-sucedida no sentido de garantir a coroa para si mesmo.

Tarlenheim e eu estávamos mudos com a audácia do plano de Rupert e, antes que pudéssemos reunir qualquer comentário coerente, Holmes continuara com sua narrativa:

— É claro, agora que Rassendyll sabia que seu sobrinho estava em boas mãos novamente, ele estava ansioso para jogar sua sorte conosco e escapar naquele momento, até que eu apontei as implicações de tal ação: como sua fuga agora só prejudicaria ainda mais a monarquia e o futuro de Flávia. Em grandes detalhes, expliquei meu proposto plano de ação para ele e ele concordou, sem hesitação, a agir sob minha instrução. Tudo o que então restava ser feito era que ele distraísse o guarda noturno com alguma reclamação de dor, enquanto eu rastejasse para fora do pavilhão pelo caminho como entrei e voltasse a vocês dois.

— Bravo! — Exclamou Tarlenheim, batendo nas costas de meu amigo, — Saiu-se excepcionalmente bem.

— Obrigado — disse Holmes submissamente.

— Mas agora, meu amigo, deve explicar-nos as ramificações de seu plano.

Holmes prontamente concordou e, enquanto nos sentamos, com extrema atenção, ele apresentou-nos seu esquema ousado e engenhoso projetado para derrotar o conde Rupert de Hentzau e trazer estabilidade ao trono ruritano. Depois que ele terminou, houve um momento de silêncio e então Tarlenheim falou:

— É bastante brilhante — ele disse em voz baixa —, mas também muito perigoso. Devo confessar que tenho sérias dúvidas de que possa ser realizado com sucesso.

— Não temos nem tempo nem recursos para nos permitir o luxo da dúvida — Holmes comentou de forma simples. — Qualquer plano,

---

14 Nota do tradutor: francês, "fato consumado".

se for para pegar o inimigo desprevenido, é, por sua própria natureza, audacioso, incorporando um elemento marcante de risco. Não há, eu temo, solução mais fácil ou mais provável, até onde meu intelecto apreende o problema. Tem alguma ideia alternativa?

Nosso companheiro balançou a cabeça.

– Então vamos em frente? – Perguntou Holmes, lançando um olhar questionador para Tarlenheim, que fechou o punho em resposta.

– Vamos em frente – disse ele resolutamente.

– É essencial que deixemos a Rainha claramente a par e certifiquemo-nos que temos sua bênção – apontei.

– Certamente, Watson. Ela tem um papel central a desempenhar.

– Haverá uma oportunidade de manhã para discutir o assunto com Sua Majestade – disse Tarlenheim. – Na verdade, eu agradeceria, cavalheiros, se fizessem a gentileza de participar de uma breve cerimônia ao amanhecer.

– O funeral do rei? – Perguntou Holmes.

– Sim. Pela própria natureza de sua morte e da incerteza dos acontecimentos, apenas uns poucos selecionados foram informados de seu falecimento e, portanto, o enterro deve ser mantido em segredo, sem a pompa e cerimônia apropriada. – Tarlenheim parecia triste e cansado enquanto olhava para o fogo, balançando a cabeça lentamente. – Que triste estado no qual nosso país se encontra. Quem sabe o que acontecerá com nossa monarquia e a Rainha Flávia?

Holmes colocou a mão tranquilizadora no ombro do ruritano.

– Aguente firme, Tarlenheim – disse ele. – Seja forte. As próximas quarenta e oito horas serão cruciais e precisaremos de seus melhores esforços.

* * *

Pela segunda noite seguida foi-nos concedido dormir apenas por algumas horas e, para mim, elas foram irritáveis. Minha mente estava cheia de tantos pensamentos, esperanças e medos que, cansado como estava, o sono se recusava a vir. Parecia que eu havia apenas caído em um sono inquieto quando fui despertado por Holmes para participar do enterro do rei.

O dia amanheceu frio e enevoado, com uma garoa fina pairando no ar, um cenário adequado para uma ocasião tão sombria. Reunimo-nos para a cerimônia em um jardim pequeno e fechado dentro dos limites do palácio. Havia apenas seis enlutados: a rainha, de feições pálidas e tranquilas; o médico que assistira o rei durante sua última doença; o arcebispo de Strelsau, que oficiou a cerimônia; Fritz von Tarlenheim; Sherlock Holmes e eu.

Quando o caixão simples foi abaixado na terra, Flávia lançou uma rosa vermelha sobre o caixão.

– Se ao menos, Rudolf... se ao menos... – Ela respirou suavemente para si. Seus olhos estavam secos, mas eles refletiram um profundo e inexprimível pesar.

Havia um clima sombrio de tristeza sobre nós, muito mais forte do que o ar de luto que permeia todo o funeral. Era, pensei, gerado pela percepção sombria da injustiça essencial de enterrar o rei do país desta maneira breve e sem cerimônia. Era uma experiência desanimadora.

Tarlenheim e o médico preenchiam a cova anônima com terra solta enquanto o arcebispo entoava algumas orações sobre ele. O rosto de Holmes estava severo e imóvel e até mesmo eu, que o conhecia tão bem, não pude determinar que pensamentos se encontrariam por trás da máscara impassível.

Ficamos ali por alguns momentos em silêncio respeitoso e depois retornamos ao palácio, onde, depois de expressões formais de condolências serem expressas, Tarlenheim, Holmes e eu fomos convidados para a câmara da rainha. Foram-nos dados copos acalentadores de conhaque com os quais propor um brinde final ao rei morto. Depois de um breve período de reflexão, passamos a discutir nosso futuro imediato. Aparentemente, Tarlenheim já informara a rainha sobre os acontecimentos do dia anterior no pavilhão de pesca e agora ela pedia que Holmes explicasse sua estratégia para ela.

Enquanto a Rainha Flávia estava sentada, quieta e serena, Holmes passeava diante da grande lareira de mármore explicando os detalhes de sua ação proposta de forma metódica e tranquila.

– O senhor tem uma mente audaciosa, Sr. Holmes – a rainha observou quando meu amigo acabou de falar. Fazendo uma breve pausa, ela olhou diretamente para ele, seus olhos examinando de perto seu rosto. – Sabe, eu acredito que pode fazê-lo!

– Obrigado, minha senhora — ele retornou com humildade.

– E agora, diga-me, como está Rudolf? Ele parecia bem?

– Ele parecia na melhor saúde.

– E ele, também, prontamente entrou em seu esquema?

Holmes deu um aceno de fiabilidade.

– Ele o faria – disse a Rainha, permitindo-se o mais breve dos sorrisos, que, no entanto, iluminou suas feições pálidas, lembrando que bela mulher ela era. – Cavalheiros – disse ela –, recarreguem seus copos para outro brinde. Ao sucesso de Sherlock Holmes e à queda do conde Rupert de Hentzau!

CAPÍTULO QUINZE
RUPERT NOVAMENTE

Tivemos apenas o resto do dia para nos prepararmos para a chegada do Rei Wilhelm da Boêmia. Tarlenheim estava necessariamente ausente, visitando a guarnição da cavalaria, do outro lado da cidade, a fim de dar instruções finais para a ocasião real, que, para todos, exceto poucos, seria considerada como uma visita normal de um chefe de estado amistoso. Lutando contra a barreira da língua, no jornal da manhã, era evidente que o elemento emocionante deste evento para a população da Ruritânia em geral e de Strelsau em particular era o possível ressurgimento de seu soberano depois de sua longa convalescença.

Holmes e eu, deixados por nossa conta, permanecemos dentro dos limites do palácio. Meu amigo estava pensativo e pouco comunicativo e eu fui deixado com meus próprios pensamentos, que confesso estavam cheios de dúvidas, incertezas e medos. Eu só podia imaginar quais teriam sido as reações do conde Rupert à notícia das mortes de Holstein e Sir Roger e à fuga de Holmes e eu. Será que ele estaria tramando vingança? Ou será que sua ambição estava preocupada demais com pensamentos sobre amanhã para ele se preocupar com dois invasores estrangeiros. Eu esperava que ele tivesse tanta certeza do sucesso que ele não veria nossa fuga como uma ameaça real, acreditando que ele poderia lidar conosco, se necessário, após assumir o poder.

No início da tarde, eu estava cochilando na minha cadeira enquanto Holmes experimentava com seu estojo de maquiagem. De repente, fui despertado por uma batida na porta. A Rainha Flávia entrou, com o rosto encoberto por ansiedade.

— Sr. Holmes! Ele está aqui no palácio! — Ela sussurrou urgentemente.

— Rupert? — Perguntou meu amigo incrédulo.

— Sim. Ele solicitou uma audiência.

— Por tudo que é mais sagrado! A audácia do homem!

— O que devo fazer? Fritz ainda não voltou e não tenho certeza de que ação tomar.

Houve apenas uma breve pausa antes de meu amigo responder:

— Deve vê-lo, é claro. Watson e eu a assistiremos, com sua permissão.

— Sim, é claro — ela concordou com algum alívio.

Sem mais discussão, acompanhamos a rainha à sala de recepção do rei, que era dominada por um retrato em tamanho natural de Rudolf, pintado logo depois da coroação. Ele parecia olhar para baixo com interesse em nossa entrada. Abaixo do retrato estava um par de tronos dourados sobre um estrado. Flávia sentou-se ali, enquanto Holmes e eu nos posicionamos em ambos os lados dos tronos.

— Por que não o agarramos agora, enquanto temos a chance? — Sussurrei para meu amigo.

— Se fosse assim tão simples, Watson. Lembre-se que, apesar de Rupert ser a força dominante por trás dos Azuis, ele é apenas o líder. Há outros prontos para tomar seu lugar, tão apaixonados quanto ele em ver a queda dos Elfbergs. Para livrar a Ruritânia dessa ameaça, os Azuis precisam ser desacreditados publicamente e, em seguida, eliminados, a raiz e o ramo.

Antes que eu pudesse responder, Rupert de Hentzau foi admitido na câmara. Ele caminhou até o estrado com um ar de superioridade confiante, um sorriso arrogante no rosto, que endurecia mais do que suavizava suas feições frias. Ele ajoelhou-se diante da rainha e beijou-lhe a mão, mas suas ações foram realizadas de modo a ter um ar de zombaria sarcástica.

— Vossa Majestade, eu lhe agradeço por me conceder uma audiência — disse ele suavemente. — Fico feliz em vê-la em tão boa saúde e em companhia tão interessante. – Ele olhou para mim e Holmes, sorrindo. – A última vez em que vi esses cavalheiros, eu temia por suas vidas. Na verdade, ainda temo.

– Conde Rupert – a Rainha Flavia disse com sóbria autoridade –, meu tempo é precioso e não o tenho de sobra para tal comentário. Por favor, chegue ao ponto de sua visita. Não tenho alegria alguma nesta entrevista.

Havia tamanha centelha de coragem e desafio nas palavras da rainha que meu coração se encheu de admiração por ela.

Rupert corajosamente olhou ao redor da sala em escrutínio simulado.

– Sua Majestade ainda está... indisposto, suponho? – Na falta de resposta a sua provocação, ele continuou: – Não importa. Minhas palavras servirão a seu propósito de forma igual, endereçadas à senhora. Agora, se devo ir diretamente ao cerne da questão, é essencial que deixemos cair todo o fingimento. Nós dois estamos plenamente conscientes de que Rudolf é incapaz de aparecer amanhã para cumprimentar o Rei da Boêmia... a menos, é claro, que esteja determinada a expor Sua Majestade gaguejante a seus súditos.

Levou grande contenção de minha parte para me impedir de um passo à frente e golpear esse vilão arrogante por esta afirmação cruel e viciosa. A rainha, no entanto, manteve-se em silêncio friamente, embora eu tenha visto os nós de seus dedos branquearem enquanto ela apertava os braços do trono.

– Por que não tomar o caminho mais fácil, Flávia? – Continuou Rupert, que agora estava completamente relaxado e, obviamente, se divertindo. – Posso fornecer-lhe outro rei, o mesmo que foi coroado na Catedral Strelsau há apenas três anos. Um homem com quem – ele hesitou de forma teatral antes de continuar –, com quem, digamos, a senhora compartilha certas paixões.

Flávia encapuzou seus olhos com um olhar penetrante, mas não fez nenhum comentário.

– Eu lhe ofereço uma solução digna para seu dilema. O país verá seu rei restaurado a eles novamente, e a senhora se unirá ao homem que ama.

– Como o senhor é altruísta – comentou Holmes, correspondendo ao sarcasmo anterior de Hentzau.

Rupert sorriu para Holmes.

– Bem, não exatamente, Sr. Sherlock Holmes. Há algumas vantagens para mim também.

– Conde Rupert – disse a rainha em uma voz desprovida de qualquer emoção –, o senhor desperdiça suas palavras e meu tempo. O Rei Rudolf estará presente amanhã para cumprimentar sua Alteza o Rei Wilhelm. Mas digo isto para poupá-lo de prosseguir neste assunto: eu preferiria morrer a ajudá-lo a colocar suas garras vorazes e insalubres na coroa. Esta audiência chegou ao fim.

– Muito bem. Deixou clara sua escolha. Admiro sua bravura, mas as palavras vazias de hoje serão sopradas para longe pelos ventos de amanhã.

Quando se virou para partir, Rupert de Hentzau voltou sua atenção a Holmes, com escárnio ainda em seu rosto.

– O senhor encurralou-se em um canto desta vez, inglês. Um canto do qual não escapará. Os grãos de areia estão se esgotando para si: em breve controlarei todas as forças deste país e não haverá nenhum lugar para se esconder. Então, eu lhe garanto, não lhe concederei misericórdia.

Sua zombaria desaparecera por completo agora e Rupert falou com raiva fria e cruel. Holmes parecia sinceramente preocupado e sem palavras, suas sobrancelhas contraídas com preocupação. Satisfeito com o efeito que suas ameaças tiveram em meu amigo, ele se virou mais uma vez para a rainha para um tiro de despedida.

– Vossa Majestade – ele fez uma reverência. – Eu a verei na estação ferroviária amanhã de manhã.

Com isso, ele virou-se nos calcanhares para sair rapidamente da câmara, deixando-nos temporariamente anestesiados em silêncio. Então Sherlock Holmes explodiu em gargalhadas; Flávia e eu olhamos para ele com espanto.

– Minhas desculpas – ele balbuciou, quando finalmente seu divertimento havia diminuído. – A arrogância em alguém tão essencialmente vulnerável sempre me provoca riso.

— Vulnerável? — Eu ecoei meu amigo com surpresa por sua descrição do confiante Rupert de Hentzau.

— Verdadeiramente, meu amigo. Rupert vir aqui foi audacioso, eu garanto, mas também é uma indicação de que abalamos um pouco sua certeza. Minha angústia aparente com sua ameaça pessoal foi atuada a fim de reforçar ainda mais sua crença de que não podemos, de modo algum, nos opor a ele com sucesso.

— O senhor me confundiu, Sr. Holmes — admitiu a rainha. — Pensei que estava perdendo a coragem.

— Vamos esperar que eu continue a ter sucesso em todos meus artifícios — Holmes respondeu com sinceridade.

* * *

Passei a maior parte do resto do dia sozinho. No retorno de Tarlenheim ao palácio, ele e Holmes passaram algum tempo juntos, discutindo operações militares organizadas para o dia seguinte. Meu amigo, em seguida, isolou-se em seu quarto para realizar alguns experimentos em privado. Lançado por conta própria, deixei meus pensamentos fixarem-se sobre os dramáticos acontecimentos dos últimos dias, esclarecendo os intrincados detalhes do caso enquanto o fazia. Quando eu havia organizado a cadeia de acontecimentos claramente em minha mente, comecei a escrever algumas notas sobre o Caso Hentzau (era assim que eu havia começado a pensar nele). Percebi enquanto escrevia que, devido à natureza altamente confidencial e politicamente perigosa da investigação, a publicação de meu relato não seria possível por décadas, se é que seria possível. Eu só esperava que tivesse uma conclusão satisfatória.

Naquela noite Tarlenheim, Holmes e eu jantamos com a rainha em sua sala privada. Foi uma ocasião moderada, pois estávamos todos perdidos em nossos próprios pensamentos e relutantes em compartilhá-los. No entanto, quando a refeição terminou e nos sentamos com nossos conhaques, Tarlenheim nos deu uma descrição completa dos vários planos para o dia seguinte, inclusive a mobilização das forças do rei para a chegada do Rei Wilhelm da Boêmia. Seu trem real deveria chegar ao terminal de Strelsau ao meio-dia. Descendo dele para o tapete vermelho, ele seria recebido pela Rainha Flávia. Os dois então deveriam viajar na carruagem do estado para o palácio, onde um banquete em honra ao monarca visitante deveria acontecer.

— No entanto, como sabemos agora — Holmes comentou —, Rupert tem a intenção de interceptar o trem no posto de fronteira com Rassendyll, de modo que quando chegarem em Strelsau, o Rei Wilhelm surgirá ao lado do "Rei Rudolf". Isto e nosso próprio pequeno conjunto de surpresas deve tornar o dia interessante. Não importa o quanto planejemos meticulosamente, devemos estar prontos para todas as contingências.

Parecia estranho e irreal para mim considerar o grande número de pessoas que estariam envolvidas nas festividades propostas: a nobreza ruritana, os vários embaixadores estrangeiros (com uma notável exceção), os militares e um exército de criados, todos os quais, pelo que sabíamos, ignoravam as correntes dramáticas e o drama crucial que estava para ser encenado.

No fim da noite, Holmes solicitou alguns momentos privados com a rainha, e então Tarlenheim e eu os deixamos sozinhos. Retirei-me para meu quarto, exausto, mas sabendo que dormiria pouco. Sentia as emoções estranhamente compatíveis de apreensão e entusiasmo correrem por meu sangue. Enquanto eu estava lá no escuro, observando as nuvens enluaradas à deriva por minha janela, eu sabia que o que quer que o amanhã pudesse trazer, apresentava a Sherlock Holmes o maior desafio de sua carreira.

CAPÍTULO DEZESSEIS
A FLORESTA DE ZENDA

Por força do destino, o dia seguinte amanheceu cinzento e nublado, com nuvens de tempestade rolando por um céu de chumbo. Eu tive um sono agitado e fiquei feliz em me arrastar da cama para me vestir. Não sei se foi o tempo sombrio ou minhas próprias apreensões nervosas sobre os acontecimentos do dia que umedeceram meu espírito, mas me sentia bastante para baixo quando bati na porta de Holmes. Todos os pensamentos negros foram imediatamente expulsos de minha mente ao entrar, pois lá, sentado à penteadeira em um uniforme branco magnífico, com dragonas de franjas de ouro e uma faixa carmesim, estava Sua Majestade o Rei Rudolf V da Ruritania! Ele se virou quando entrei e sorriu em saudação.

– Será que servirei, velho companheiro? – Veio a voz familiar.

A capacidade de Holmes para o disfarce era uma constante fonte de espanto e surpresa ao longo dos anos. Lembro-me bem com que efeito surpreendente ele confrontou-me, em minha própria casa, no personagem de um velho bibliófilo. Foi nessa ocasião que, pela primeira e última vez em minha vida, eu desmaiei. Também me lembro como ele me enganou inteligentemente com seu disfarce de um padre italiano venerável quando estávamos fugindo das garras do professor Moriarty e sua gangue. Aqui, então, estava um refinamento dessa notável habilidade. Holmes não havia meramente adotado um disfarce, ele havia se tornado a própria imagem de outra pessoa.

– É maravilhoso – engasguei.

– Bem, eu acho que será suficiente. Esta foi minha ajuda principal – explicou ele, puxando um pano de cima do retrato da coroação do Rei Rudolf, que agora estava encostado em sua parede. – A rainha mandou mudá-lo para cá, a meu pedido, e eu trabalhei em minha aparência durante toda a noite. A cor do cabelo apresentou o maior desafio. Felizmente eu consegui obter uma amostra antes do rei ser sepultado, a fim de combiná-lo com exatidão. No começo, pensei que conseguiria pintar meu próprio cabelo, mas o processo revelou-se demasiado prolixo e impreciso e houve também a complicação adicional de igualar a textura. Meu cabelo é muito fino para simular a espessura do cabelo de Rudolf. Por isso, recorri a tingir uma peruca adequada; esta é minha terceira tentativa.

Ele fez um gesto em direção aos dois fracassos descartados em cima da mesa, que também estava cheia de vários produtos químicos, tigelas de tintura e pedaços de cabelo.

– Uma vez que o cabelo estava preparado – ele continuou –, comecei a trabalhar no rosto. A forma e o comprimento do nariz foi o traço mais difícil de reproduzir, mas com o uso discreto de massa e sombreamento do lado, acredito que consegui uma transformação tolerável.

Levantou-se, escovando o uniforme com as mãos, e então examinou o efeito completo em um comprido espelho.

– A rainha aprova. Na verdade, ela ficou um tanto surpresa – Holmes orgulhou-se.

– Não estou surpreso – disse eu.

– É a voz que pode ser o problema real. Como deve compreender, estudei fotografias do rei e discuti seus maneirismos com a rainha e Tarlenheim, mas sem jamais ter ouvido Rudolf falar, recriar o timbre real e ressonância da voz dele é difícil.

– E Rassendyll? Sua voz deve ser semelhante.

– Sim, uma aproximação. Mas fazer uma aproximação de uma aproximação, é certo que haverá uma fraqueza em sua autenticidade.

Acho mais seguro adotar um tom ligeiramente rouco, como este. – Ele demonstrou. – Um rei que está doente há algum tempo provavelmente tem uma voz enfraquecida.

– Isso é verdade – admiti –, mas será que enganará Hentzau?

– Logo veremos, velho amigo.

O "Rei Rudolf" vestiu as luvas e me olhou com aquele brilho de emoção em seus olhos.

– Está pronto, Watson? O jogo começou.

* * *

Despedimo-nos da rainha, e então Tarlenheim, que também se assustou com a eficácia do disfarce de meu amigo, levou-nos para os estábulos para recolher nossos cavalos e a carga macabra que precisávamos levar conosco. Esta estava coberta de estopa e pendurada flacidamente em um terceiro cavalo. Sem palavras, apertamos a mão de Tarlenheim e partimos mais uma vez para a Floresta de Zenda, Holmes vestindo uma capa de equitação com capuz para esconder sua aparência.

Ao entrar no denso bosque, fomos para o grande carvalho Elfberg. Amarrando nossos cavalos em um abrigo próximo, fizemos nossos preparativos.

Holmes soltou o pacote pesado do cavalo sem cavaleiro e afastou a estopa para revelar o cadáver de um homem velho vestido com roupas de mendigo.

– Tarlenheim me garante que está morto a menos de doze horas; um dos funcionários da cozinha do palácio que morreu de pneumonia ontem. – Ele deu um sorriso triste. – Este velho companheiro continuará a servir seu país mesmo depois de sua morte. Dê-me uma mão, por favor, Watson.

Juntos, carregamos o cadáver e o colocamos no caminho em um trecho estreito onde as árvores já restringiam a passagem.

– A verificação mostrará nada mais do que um mendigo morto – disse Holmes. – Esperemos que nos dê os poucos momentos de distração que precisamos.

Recuamos para detrás do carvalho Elfberg para esperar. Uma garoa fina caía agora mas, abrigados sob a grande árvore, permanecemos secos.

Eram mais de dez horas quando ouvimos o som de cavaleiros que se aproximavam. Agarrei meu revólver, meu coração batendo contra minhas costelas. Ao longe, no caminho, pude perceber, através da fina cortina de chuva, um brilho azul em movimento. Aos poucos, pude concentrar-me no grupo de cavaleiros. Era o grupo que esperávamos. Holmes tensionou-se para a frente para medir o número de cavaleiros, seus traços tensos e exultantes.

Havia apenas quatro cavaleiros. Na frente estavam os dois homens nos quais o futuro da Ruritânia articulava-se; ligeiramente na frente estava a figura alegre do conde Rupert de Hentzau, seguido de perto por Rudolf Rassendyll, que usava, como Holmes, o uniforme de estado do Rei com uma capa de chuva em seus ombros. Eles eram seguidos por dois oficiais dos Azuis, um dos quais eu reconheci como o capitão Salberg.

Quando se aproximaram da figura no caminho, Hentzau ergueu a mão, interrompendo os outros. Salberg e o conde desmontaram, com Salberg indo à frente para inspecionar a obstrução. Enquanto isso acontecia, o cavalo de Rassendyll parecia tímido, elevando-se sobre as patas traseiras, arranhando o ar violentamente, quase jogando seu cavaleiro no chão. Rassendyll deu um grito de alarme e jogou o braço esquerdo para trás em pânico selvagem, batendo no rosto do oficial dos Azuis montado, a força do golpe sendo tal que o soldado perdeu o equilíbrio e caiu no chão. A montaria de Rassendyll parecia ter uma vontade própria e, enquanto ele lutava desesperadamente com suas rédeas, ela saltou do caminho pela tangente, para dentro do mato grosso. Com urros de protesto de Rassendyll, cavalo e cavaleiro foram engolidos pela floresta escura.

Rupert, que fora por esta altura informado de que a figura no chão era "apenas um velho maltrapilho", latiu uma série de comandos enquanto corria de volta para sua montaria. Os outros dois oficiais furiosamente remexeram-se em suas selas, mas agora já não havia nenhum sinal de Rassendyll.

A FLORESTA DE ZENDA

Durante a confusão, sua carga emergiu da folhagem espessa a nosso lado. Sem que uma palavra fosse dita, Holmes e Rassendyll rapidamente trocaram de capas e, em seguida, tomando as rédeas do cavalo de Rassendyll, meu amigo saltou para a sela e partiu a galope. Rassendyll e eu nos agachamos, olhando em volta da circunferência da árvore para observar os Azuis em desordem, fazendo incursões do caminho para a floresta em busca frenética pelo rei impostor. E então o "rei" apareceu, como que por mágica, do meio das árvores para se juntar a eles. Ele dava todos os sinais de ter finalmente ganhado controle de seu cavalo depois de uma luta, parecendo nervoso e perturbado.

Rupert, com o rosto escuro de raiva, foi até ele e repreendeu-o furiosamente. Holmes respondeu com sinceridade, ainda parecendo estar tremendo por causa de seu calvário, sem dúvida explicando como seu cavalo tinha, por algum motivo, se assustado e como ele tinha perdido o controle momentaneamente. Eu observava o rosto do conde de perto. Ele parecia completamente não saber que estava se dirigindo a Sherlock Holmes e não Rudolf Rassendyll. Sua ira, estava claro, era dirigida à cavalaria incompetente de seu prisioneiro e à confusão resultante. Parecia que a troca dos reis impostores havia sido bem-sucedida e que a primeira fase do plano de Holmes havia funcionado de forma eficaz. No entanto, eu era muito velho para jogar jogos perigosos com meu amigo e relaxar. Percebi que este era apenas o primeiro passo em uma jornada perigosa e difícil e havia muitas mais voltas e reviravoltas para negociar antes de chegarmos a nossa meta.

Os cavaleiros juntaram-se ao comando de Rupert e dentro de instantes retomaram a viagem. Ao passarem por perto de mim, vi o rosto de Rupert ainda vermelho de raiva, enquanto Holmes estava adequadamente controlado. Não demorou muito para que os cavaleiros se misturassem à folhagem a caminho do posto de fronteira aduaneiro, onde eles encontrariam o trem real do rei boêmio.

Depois de terem desaparecido de vista, Rassendyll se virou para mim e agarrou minha mão calorosamente.

– Deve ser Watson, imagino – disse ele.

Sorri e acenei com a cabeça.
— Seu amigo é um homem inteligente e corajoso. Sua semelhança com o rei é notável.
Encontrei-me sorrindo e acenando mais com a cabeça.
— Como é a sua — apontei.
Rassendyll deu uma pequena risada.
— Bem, Watson, estou em suas mãos agora. Qual é o próximo passo?
— Primeiro cobrir-se com este manto e depois vamos para o palácio.

* * *

Entramos no palácio pela porta de trás e fomos atendidos por um Tarlenheim ansioso. Sua expressão preocupada se dissipou com a visão de Rassendyll e, ao ouvir o sucesso de nosso empreendimento, seu rosto se iluminou com prazer e alívio. Ele e Rassendyll abraçaram-se como irmãos há muito perdidos.
— Eu sempre disse que você era o mais bravo Elfberg de todos eles — anunciou o ruritano.
— Ou o mais azarado — respondeu Rassendyll.
— Venha, amigo Rudolf, vamos contar à rainha nossa boa notícia. Sei que ela está esperando ansiosamente para vê-lo.
Se a reunião de Tarlenheim com Rudolf havia sido emocional, não foi nada comparada com a da rainha. Não foi que eles se comportaram de uma maneira fisicamente demonstrativa, mas, à medida que ficaram frente a frente, a atmosfera carregou-se de emoção. Não precisava dos poderes dedutivos de um Sherlock Holmes para ver que os dois estavam muito apaixonados.
Rassendyll ficou em um joelho e beijou a mão da rainha.
— Vossa Majestade, seu humilde servo está a seu comando — disse ele em voz baixa.
Os olhos de Flávia umedeceram quando ela colocou a mão sobre a cabeça de Rassendyll e gentilmente alisou seu cabelo para trás. Foi neste ponto que Tarlenheim e eu fizemos uma saída discreta.

Enquanto esperávamos, minha mente voltou-se a Sherlock Holmes. Eu questionava se tudo ainda estava funcionando sem problemas para ele. Olhei para meu relógio e calculei que não demoraria muito para que ele chegasse ao posto aduaneiro. Felizmente havia pouco tempo para eu especular sobre os possíveis riscos que ele poderia encontrar, pois logo seria hora de me preparar para o cortejo real à Estação Central.

Pouco antes do meio-dia, acompanhada por uma tropa da cavalaria do rei, a carruagem real, contendo Rassendyll e a rainha, deixou o palácio. Tarlenheim e eu, vestidos com uniformes de oficiais de alta patente, íamos ao lado da carruagem de estado conforme ela fazia seu percurso através das ruas medievais de Strelsau.

Já não chovia e a cidade estava repleta de multidões animadas ansiosas para ter um vislumbre do rei. As pessoas penduravam-se para fora das janelas do andar de cima balançando a bandeira em forma de losango verde e ouro da Ruritânia e gritando jubilantemente conforme a carruagem passava. Era comovente ouvir seus gritos de alegria e amor conforme o povo via seu monarca aparentemente totalmente recuperado e saudável.

À medida que a procissão chegava à Praça König, as grandes colunas jônicas da Estação Central assomaram à vista e, quando nos aproximamos do terminal ferroviário, senti meu corpo enrijecer com apreensão e medo. Eu sabia que muito em breve chegaríamos ao clímax deste caso perigoso.

CAPÍTULO DEZESSETE
O TREM REAL

Não fui testemunha dos eventos que registrei no capítulo seguinte, mas soube dos detalhes mais tarde. Agora os apresento de forma dramatizada a fim de manter uma narrativa coerente.

* * *

Apesar da aparente facilidade com que Sherlock Holmes havia conseguido trocar de lugar com Rudolf Rassendyll na Floresta de Zenda, ele sabia que, devido à fraca luz na floresta e ao drama do momento, havia sido relativamente fácil ser aceito como Rassendyll a princípio. O verdadeiro teste viria mais tarde.

Conforme o grupo de cavaleiros, liderados por Rupert de Hentzau, deixou os limites da floresta e começou a galopar pela rodovia em direção à fronteira, foram abordados por um pelotão de soldados do rei. Um comandante, que Holmes havia vislumbrado nos limites do palácio no dia anterior, veio encontrá-los. Enquanto ele fazia isso, Holmes sentiu o toque duro de uma pistola nas costas.

– Faça sua parte, Rassendyll, ou não viverá para ver Flávia novamente. – A injunção sussurrada veio de Salberg, que se esgueirara para perto dele.

– Que autoridade o traz aqui? – Desafiou o comandante, abordando Rupert.

Holmes deixou a capa de chuva deslizar de seu uniforme e levantou a cabeça.

– A minha – disse ele.

O queixo do comandante caiu.

– Vossa Majestade, eu não fazia ideia... – Ele gaguejou, completamente surpreso. Rapidamente ajeitando-se, ele saudou o "rei".

Holmes sorriu com indulgência.

– Está tudo bem, comandante. Fico feliz em vê-lo ser tão vigilante. Houve uma ligeira mudança em meus arranjos. Decidi encontrar o Rei da Boêmia em Steinbach, em vez de em Strelsau e o conde Rupert fez a gentileza de me acompanhar.

Com esta menção a Rupert, um olhar perplexo cruzou as feições do comandante, mas ele era experiente o suficiente para saber não fazer qualquer comentário sobre esta aliança improvável.

– Seria melhor, talvez – sugeriu ele –, se eu conduzisse Vossa Majestade à fronteira, já que meus homens não estão esperando nenhum visitante oficial.

Holmes lançou um olhar para Rupert, que lhe deu um aceno com a cabeça quase imperceptível.

– Muito bem, comandante – respondeu Holmes. – O conde e eu o seguiremos.

O soldado fez uma saudação e, virando-se com o cavalo, liderou o caminho para a casa aduaneira de madeira, deixando o capitão Salberg e outro oficial dos Azuis para trás. No edifício, o comandante desmontou e subiu os degraus antes de se virar para dirigir-se a Holmes.

– Se fizer o favor de esperar aqui, Vossa Majestade, lhe farei os arranjos – disse ele, mal esperando a confirmação antes de desaparecer pela porta.

Holmes e o conde Rupert desmontaram e amarraram seus cavalos enquanto esperavam.

– Lembre-se, inglês – murmurou Hentzau ameaçadoramente –, um movimento errado e é um homem morto.

O TREM REAL

— Não haverá movimentos errados; estou conformado com meu destino — respondeu Holmes suavemente, desviando a cabeça do olhar de Rupert, não lhe dando a oportunidade de estudar suas feições muito de perto.

Um sorriso brilhou no rosto de Rupert.

— Você está sendo muito sensato. Lembre-se que, quando embarcarmos no trem, você me apresentará ao Rei Wilhelm como seu grande amigo e conselheiro, e em nenhum momento você sugerirá que eu saia de seu lado.

Holmes deu um breve aceno.

— Entendido.

O comandante voltou e conduziu-os para o edifício da aduana, onde seis soldados ficaram em posição de sentido enquanto eles passavam para a plataforma da estação ferroviária. Aqui, dois guardas de fronteira estavam engajados em colocar um tapete vermelho para o visitante real. O velho guarda, que verificara os papéis de Holmes poucos dias antes, ao ver seu rei, aproximou-se dele, hesitante.

— Vossa Majestade — disse ele, inclinando-se profundamente. — Não fui informado de que estaria presente. Eu teria feito arranjos para recebê-lo corretamente, se soubesse.

— Não quero cerimônia. Haverá mais do que suficiente depois — respondeu Holmes secamente.

— Como quiser, senhor. — O rosto curtido pelo tempo rachou-se em um sorriso desconfortável, acrescentando ao nervosismo geral do comportamento do velho homem. — É bom vê-lo tão bem, Vossa Majestade. Não tivemos o prazer de sua presença por estas bandas desde a caça real ao javali na primavera passada.

Holmes inclinou a cabeça e o velho guarda se afastou para atender a suas funções. No entanto, antes que ele pudesse fazê-lo, foi abordado pelo comandante que o envolveu em uma breve conversa.

A garoa fina havia parado e, como o céu clareava, pequenas manchas de azul podiam ser discernidas rompendo o céu. À distância, Holmes viu uma faixa cinza pálido de vapor em movimento constante em direção a eles. Não demorou muito antes que a locomotiva ficasse à vista, incitando uma enxurrada de atividades na plataforma. Um guarda de honra alinhou-se em cada lado do conde Rupert e

Holmes, que agora estavam no tapete vermelho em prontidão para cumprimentar o Rei Boêmio quando o trem chegasse.

A locomotiva trovejou e silvou até parar. Quando as grandes nuvens ondulantes de vapor haviam dispersado da plataforma, a porta da carruagem real abriu. Para fora pisou Wilhelm Gottsreich Sigismond von Ormstein, Rei da Boêmia.

Pode ser lembrado que Sherlock Holmes encontrara o monarca Boêmio alguns anos antes, quando o rei alistara os serviços do detetive para recuperar uma fotografia comprometedora de sua ex-amante. Esta senhora, a incomparável Irene Adler, deixara uma impressão indelével em Holmes; para ele, ela é sempre *a* mulher: os eventos estão registrados em *Um Escândalo na Boêmia*.

Holmes sabia muito bem que ele estava em grave perigo de ser reconhecido pelo Rei Wilhelm. No entanto, fazia cerca de sete anos desde que os dois se encontraram e o rei parecera para Holmes como tendo essa raia de arrogância possuída por alguns homens poderosos que os faz deixar de reparar em qualquer particularidade as características de outras pessoas que eles consideram como estando em um menor plano social.

Os dois homens se adiantaram para cumprimentar um ao outro.

– Que prazer e surpresa vê-lo aqui, Rudolf. Eu havia ouvido rumores de doença, mas aqui está, de rosto corado.

– É sempre bom desconfiar de rumores, especialmente sobre um rei. Deve saber bem. Lembro-me de no passado algumas coversas sobre si e uma certa senhora estadunidense.

Wilhelm riu.

– É verdade, é verdade. Somos alvo de conversas travessas. Mas diga-me, onde está a bela Flávia?

– Ela deve saudar-nos em Strelsau.

– Bom. Naturalmente, Rudolf, percebe que o verdadeiro motivo de minha visita é vê-la. Eu insisto que ela reserve todas suas danças para mim. – Ele riu com vontade de novo, seu grande corpo sacudindo de diversão.

Holmes devolveu um sorriso educado.

O Rei Wilhelm lançou um olhar curioso para Rupert.

– Permita-me apresentar-lhe um de meus jovens nobres. Este é o conde Rupert de Hentzau, meu conselheiro próximo e confidente.

Rupert avançou e inclinou-se rapidamente.

– Bom dia, conde.

– Vossa Alteza – respondeu Rupert de forma obsequiosa.

– Bem, cavalheiros, subam a bordo. Vamos compartilhar uma bebida antes de chegarmos à capital.

Os três homens embarcaram no trem e, passando por dois archeiros boêmios, entraram em um compartimento muito luxuosamente decorado com paredes de painéis de mogno, cortinas de veludo e ricos tapetes indianos. Aqui Holmes e Rupert foram apresentados a Boris Glasanov, o ministro boêmio para relações internacionais, um homem alto, careca, de sobrecasaca.

– Sentem-se, cavalheiros, e relaxem – disse o Rei Wilhelm alegremente, jogando-se em uma grande poltrona. Ele tocou uma campainha e um criado apareceu instantaneamente e serviu bebidas de um armário no compartimento.

Rupert não desviou-se do lado de Holmes, sempre dando a aparência de estar atento e subserviente.

Com um choque súbito e um rangido alto de acoplamentos, o trem real se afastou do posto fronteiriço.

– Quanto tempo é nossa jornada para Strelsau? – Perguntou o Rei Wilhelm.

– Cerca de uma hora – voluntariou-se Rupert.

– Ah – exclamou o monarca boêmio, radiante. – Tempo para um jogo de cartas. O que dizem, cavalheiros?

Era uma pergunta retórica e uma mesa de jogo foi rapidamente montada e, em minutos, o Rei Wilhelm estava dando as cartas.

Holmes estava satisfeito com o rumo dos acontecimentos, uma vez que impedia qualquer discussão séria dos assuntos reais e de temas alheios a seus conhecimentos. Ele percebeu que, enquanto ele permitisse que o Rei da Boêmia ganhasse a mão, o rei estaria feliz o suficiente para continuar jogando até que o trem chegasse a seu destino.

Após cerca de quinze minutos de jogo, o capitão da guarda boêmia entrou. O Rei Wilhelm olhou para ele com um pouco de irritação.

— O que é? — Ele retrucou.

— Vossa Majestade. O comandante encarregado das forças ruritanas na fronteira está no trem e urgentemente solicita uma audiência privada com o Rei Rudolf — respondeu o guarda em voz baixa.

— Maldição, estamos no meio de um jogo.

Enquanto secretamente Holmes ficou intrigado com este desenvolvimento, exteriormente ele parecia bastante indiferente.

— Certamente o assunto pode esperar até mais tarde — disse ele languidamente.

— O comandante insistiu que era urgente, senhor — foi a resposta.

— Ah, muito bem, eu o verei. Se me der licença por um momento, Wilhelm?

Holmes levantou-se para sair do compartimento e, enquanto fazia isso, Rupert moveu-se para fazer o mesmo.

— Ah, não, você não — disse Wilhelm rispidamente, mas com bom humor. — Não perderemos um segundo jogador. Pode lidar com seu comandante sozinho, tenho certeza, Rudolf.

Rupert hesitou. Ele estava em uma situação difícil e encarou Holmes, que fingiu não notar.

— Pode ir, Rudolf, e apresse-se de volta — ordenou o Rei Wilhelm, ansioso para continuar o jogo.

Holmes deixou o compartimento e seguiu o oficial boêmio pelo corredor para o próximo carro.

— O comandante o espera lá, senhor — disse ele, deixando Holmes para voltar a seu próprio posto.

Holmes entrou no compartimento indicado e, ao fazê-lo, ficou momentaneamente ciente de que as persianas foram fechadas exatamente assim que a porta se fechou atrás dele, mergulhando-o nas trevas. Ele virou-se rapidamente para alcançar a maçaneta, mas, antes que pudesse fazê-lo, alguém o agarrou por trás. Um braço segurou-o pelo pescoço e ele sentiu a ponta afiada de uma faca em sua garganta.

— Certo — disse uma voz da escuridão —, quem é você? Não é o Rei Rudolf, com certeza. Fale rapidamente, antes que o mate.

* * *

O TREM REAL

A situação em que Sherlock Holmes agora encontrava-se, segurado firme por um agressor desconhecido, enquanto uma lâmina afiada pairava centímetros de distância de sua artéria jugular, era uma que o tomou completamente de surpresa. Minucioso como havia sido no planejamento, cuidadosamente considerando os possíveis perigos que poderiam surgir durante o curso de sua personificação do Rei Rudolf, esta eventualidade nunca havia sido contemplada.

– Quem é você? – Repetiu a voz, que Holmes agora reconhecia como pertencente ao comandante que os havia escoltado até a estação ferroviária.

– Garanto-lhe que sou amigo de seu mestre – resmungou o detetive, percebendo que não havia sentido em tentar afirmar que o agressor estava enganado e que ele realmente era o rei. – Ao atacar-me, está colocando a monarquia Elfberg em grave risco.

– Se continuar a falar bobagem e se recusar a dizer a verdade, não perderei mais tempo com você. – A lâmina raspou a carne da garganta de Holmes.

O detetive percebeu que qualquer explicação que desse não convenceria o oficial leal de sua veracidade. Força e não a razão era o único meio pelo qual ele poderia livrar-se da situação constrangedora. Agora os olhos de Holmes haviam se acostumado à escuridão. Havia finas faixas de luz penetrando o carro pelas bordas da persiana da janela que lhe permitiam determinar uma geografia vaga do compartimento. No que parecia a princípio uma escuridão de breu, agora podia distinguir a forma e posição de seu adversário.

– Meus documentos estão dentro de minha túnica – disse Holmes desesperadamente. – Eles lhe darão prova de minha identidade e minha missão.

Houve um momento de pausa e, em seguida, o comandante afrouxou o aperto um pouco, conforme ele tentava extrair os documentos da túnica de Holmes. O aperto ainda era firme, mas, porque fora relaxado e a atenção de seu agressor fora temporariamente distraída da faca, Holmes foi apresentado com a oportunidade que precisava.

Registrei em outros locais referências à aptidão e à agilidade de meu amigo no combate desarmado. Ele havia estudado Bartitsu, uma forma japonesa de autodefesa, com base no peso e equilíbrio. Usando estas técnicas refinadas, ele respirou fundo, girou sobre os calcanhares e, caindo ao mesmo tempo para uma posição de agachamento, conseguiu lançar o comandante sobre seu ombro, onde aterrou estatelado de costas.

Holmes então saltou para a frente e soltou uma das persianas da janela. Quando ela levantou com uma torrente em staccato, o compartimento inundou-se de luz.

O comandante estava prestes a levantar-se quando o pé de Holmes moveu-se pelo ar, acertando a mão que segurava a faca. A arma voou das mãos do comandante para cima, e Holmes agarrou-a pelo cabo. O comandante, ofuscado pela velocidade com que Holmes havia virado o jogo, ficou ainda mais surpreso ao ver seu agressor lançar uma mão para ajudá-lo a pôr-se de pé.

— Admito que não sou o rei — disse Holmes ao oficial desnorteado num sussurro urgente —, mas estou me passando por ele por ordem real. Há uma ameaça à monarquia na qual o conde Rupert de Hentzau está intrinsecamente envolvido. É essencial que eu continue com a representação para frustrar esta conspiração e garantir a segurança da dinastia Elfberg.

Perplexidade e incerteza nublaram o rosto do comandante.

Holmes continuou:

— Não posso responder a qualquer das questões que estão, obviamente, passando por sua mente neste momento. Só posso pedir que confie em mim. Se eu realmente fosse o inimigo, eu poderia tê-lo matado com bastante facilidade, em vez de tentar uma explicação.

O comandante reconheceu esta verdade.

— Mas e o conde Rupert?

— Ele não sabe quem eu sou e ele não deve saber. — Holmes falou com tal convicção sincera que o comandante pareceu finalmente aceitar sua história.

— Muito bem. Não direi nada.

— Não se arrependerá — Holmes assegurou. — No entanto, antes de eu voltar para os outros, diga-me como soube que eu não era o Rei Rudolf.

O TREM REAL

— Sua amizade com o conde Rupert a princípio me colocou em guarda. Passei algum tempo com o rei no início da primavera deste ano em uma caça ao javali e ele se tornou um pouco amigável comigo e confidenciou seu medo e ódio por Hentzau. Pelo que ele me disse naquela ocasião, eu dificilmente podia vê-lo tratar o conde como um companheiro próximo.

— Além disso, quando eu o encontrei na Floresta de Zenda, você não mostrou aparentemente me reconhecer. Foi como se nunca tivéssemos nos visto antes. O velho guarda na aduana transmitiu uma impressão semelhante a minha. Eu tive certeza de que você era um impostor.

Holmes sorriu. Ele ficou satisfeito de que, pelo menos, não era seu disfarce que tinha lhe entregado.

— Uma contingência que eu não esperava. No entanto, o senhor deve ser elogiado em sua diligência e lealdade, comandante. Arranjarei que, quando este assunto estiver terminado, o rei ouça a respeito de suas ações.

— Isso não é necessário. Não quero nenhum benefício. A segurança do rei será recompensa suficiente.

Holmes deu um aceno de entendimento.

— E em busca desse objetivo agora devo voltar para o compartimento do Rei Wilhelm e agir como se nada tivesse acontecido e o senhor deve agir de forma similar.

— Como quiser.

— Direi que o senhor queria me ver para confirmar as medidas de segurança para a viagem do Rei Wilhelm do terminal ferroviário para o palácio.

O comandante abriu a porta para Holmes sair.

— Boa sorte – disse ele.

Momentos depois, Sherlock Holmes entrou no compartimento real. O monarca boêmio olhou para cima com bastante petulância quando ele voltou a sentar à mesa de jogos.

— Fico feliz que esteja de volta, Rudolf. Agora talvez minha sorte mude. No momento, o conde Rupert parece estar segurando todas as melhores cartas.

CAPÍTULO DEZOITO

A RECEPÇÃO

Enquanto esperávamos que o trem real chegasse, meu estômago doía de nervos. Foi somente com o maior esforço que consegui mostrar um exterior plácido.

A Rainha Flávia e Rassendyll estavam no tapete vermelho que ía até a beira da plataforma, reconhecendo as multidões ainda alegres que foram seguradas na entrada da estação por barreiras manejadas pela guarda do rei. Tarlenheim e eu estávamos posicionados vários metros atrás do casal real, apreensivos e alertas. Por razões de segurança, não havia outra pessoa na plataforma.

Finalmente ouvimos o apito do trem e então o grande monstro fumegante entrou na estação. Em nuvens de vapor, ele deslizou até parar, milagrosamente alinhando a carruagem real ao tapete vermelho. Enquanto o vapor dispersava, Tarlenheim e eu trocamos breves e tensos olhares. As palavras eram desnecessárias, pois nós dois sabíamos o que o outro estava pensando.

Como combinado, a rainha e Rassendyll recuaram um pouco com a chegada do trem, Flávia vários passos atrás de Rassendyll. Depois de alguns momentos de espera, a porta da carruagem real abriu e apareceu o Rei da Boêmia. A multidão aplaudiu e acenou em resposta quando ele desceu para o tapete vermelho. Ele sorriu para essas boas-vindas barulhentas mas calorosas, mas o sorriso desapareceu rapidamente, para ser substituído por uma expressão de choque e descrença.

Ele vira Rassendyll.

Enquanto olhava para ele sem palavras, Sherlock Holmes surgiu do trem para a plataforma apenas metros de distância de Rassendyll. A multidão reagiu descontroladamente com gritos de incredulidade.

Foi uma cena marcante: Sherlock Holmes e Rudolf Rassendyll diante um do outro, para todos além de olhos peritos eles eram imagens espelhadas do monarca ruritano. Se eu não tivesse conhecimento da verdadeira identidade dos dois homens, eu teria achado impossível dizer qual deles era qual.

Por um longo momento foi como se o tempo tivesse parado. Os espectadores, depois de expressões iniciais de questionamento e admiração, ficaram mudos enquanto seus cérebros tentavam sondar alguma explicação racional para esse quadro surrealista.

Mesmo Tarlenheim e eu, que estávamos esperando este confronto dos dois Rudolfs, ficamos presos temporariamente e mesmerizados com a cena. O aparecimento de Rupert de Hentzau na porta da carruagem quebrou o encanto para mim e funcionou como minha deixa para agir. Eu passei pela Rainha Flávia em direção a Holmes e Rassendyll. Conforme eu fazia isso, pude ver pela expressão no rosto de Rupert que ele também ficou chocado na confusão mental experimentada por todos os espectadores.

Quando me aproximei de Holmes, estendi o braço em acusação.

– Este homem é um impostor, um traidor – gritei.

Holmes se afastou de mim com culpa, desesperadamente à procura de um meio de fuga, mas eu fui mais rápido do que ele e agarrei-o antes que ele pudesse correr. Seguiu-se uma breve luta, durante a qual eu percebi o brilho de exaltação divertida no olho de meu amigo. Então, com um golpe rápido, derrubei seu chapéu no chão e puxei a peruca de sua cabeça.

Um grito de descrença se levantou da multidão, mas ainda assim ninguém parecia capaz de se mover. Agora, quase gostando de meu papel neste drama, empurrei Holmes para trás contra a parede do carro e voltei minha atenção para Rupert de Hentzau. Mais uma vez, meu braço disparou em um gesto acusatório.

– Esse homem é cúmplice do traidor! – Gritei.

Este grito finalmente quebrou o feitiço. A multidão gritou com raiva e empurrou para a frente, tentando romper as barreiras. Os guardas, igualmente perplexos com a reviravolta rápida de eventos, no entanto, permaneceram em seus postos como lhes tinha sido ordenado e conseguiram segurar a multidão.

A RECEPÇÃO

O Rei Wilhelm, um pouco como um homem embriagado, cambaleou para longe da cena de ação em direção à Rainha Flávia, enquanto eu sacava meu revólver do coldre. Sem hesitação, eu disparei diretamente contra Sherlock Holmes. Houve um estrondo, que ecoou como um trovão entre as altas vigas da estação. Uma lua vermelha brilhante de sangue surgiu no peito da túnica de Holmes; ele cambaleou alguns passos e, em seguida, caiu de cara na plataforma.

Hentzau saltou para a frente, puxando a espada de sua bainha, e avançou contra mim. Eu dei um passo para trás para fora do alcance da rápida lâmina e, antes que ele pudesse atacar novamente, Rassendyll estava lá com sua espada para aparar o golpe.

– Agora, Hentzau, temos um pequeno negócio inacabado – disse ele com alguma satisfação, avançando contra seu inimigo.

Quando o conde se virou para Rassendyll, seus olhos brilharam descontroladamente e pareceu-me que só neste momento ele percebeu plenamente quem seu novo adversário era. Ele deu um grunhido de raiva e avançou com sua espada. Rassendyll friamente desviou e Hentzau recuou um passo antes de correr para ele novamente. Desta vez, Rassendyll deslocou-se da posição e atingiu o rosto do traidor com seu florete, abrindo sua bochecha, antes de arremessar-se para o lado para evitar um golpe correspondente. Uma faixa fina brilhava vermelha através da bochecha esquerda de Rupert e, quando ele tocou-a com a parte de trás de sua mão e viu a mancha carmesin, sua fúria escalou. Seu florete moveu-se ferozmente, mas Rassendyll habilmente defendeu cada golpe assassino.

Embora a multidão houvesse se calado mais uma vez, fascinada por esta disputa, era óbvio para mim que seu apoio estava com Rassendyll – ou o Rei Rudolf, quem eles acreditavam que ele fosse. Isto estava claramente alinhado com o plano de Holmes. Eu podia ver por que ele considerava essencial que o "rei" devesse ser a pessoa a desafiar o conde Rupert diretamente, mostrando sua força e poder como monarca capaz. Devia ser uma vitória sua em si, eliminando assim todos os desafios a sua autoridade.

Rassendyll foi lentamente forçando Hentzau para trás contra a lateral do trem e, então, quando ele parecia perto de encurrará-lo ali, seu pé ficou preso na borda de babados do tapete vermelho e ele tropeçou, permitindo a Rupert a oportunidade de deslizar lateralmente para fora de seu alcance. O inglês se recuperou rapidamente e o seguiu. Hentzau agarrou a porta do carro e abriu-a contra o rosto de seu adversário, que foi pego de surpresa por essa tática desesperada. Ele desviou para evitar a porta, que balançou de volta com muita força, batendo contra a lateral do carro. Embora tenha errado Rassendyll, ela acertou seu florete para o lado, derrubando-o de sua mão. Ele estrondou sobre a plataforma e escorregou para fora do alcance pela borda.

Rassendyll agachou-se e tentou agarrar a espada errante, mas já era tarde demais. Meu coração pulou em minha boca quando vi Rupert saltar para a frente para atacar o homem desarmado. Pressentindo o perigo, Rassendyll mergulhou para o lado, mas não rápido o suficiente. A espada de Rupert acertou seu braço e cortou sua túnica até a carne. Um jorro de sangue deu evidência de uma ferida profunda.

Tarlenheim correu e jogou sua própria espada em direção a Rassendyll.

— Vossa Majestade, acabe com o traidor com minha espada — ele rugiu, para o deleite da multidão.

Rassendyll pegou a arma e desviou rapidamente, pegando o demasiado confiante Rupert de surpresa e cortando seu ombro. Rupert deu um grito de dor e se afastou rapidamente. A maré virara e agora ele estava diante da derrota. Olhou em volta por algum meio de escape, mas cada extremidade da plataforma estava barricada e manejada por guardas. Então, de repente ele se virou para Rassendyll com aquele desdém frio habitual em seus lábios.

— Bem, Vossa Majestade, terei de tomar nota de um velho ditado inglês — gritou ironicamente. — É um que eu tenho certeza que conhece. "Aquele que luta e foge pode viver para lutar outro dia."

Com isso, ele virou-se, correu um curto caminho até a plataforma e abriu uma porta do carro, desaparecendo dentro do trem. Rassendyll acelerou atrás dele, mas, quando chegou à porta do carro, Rupert repentinamente reapareceu lá, o rosto estranhamente branco e seus olhos vidrados em um olhar fixo. Ele cambaleou degraus abaixo para os braços de Rassendyll, revelando uma mancha escura na parte de trás de sua túnica.

Segundos depois, o comandante apareceu na porta. Em sua mão estava uma espada, brilhando vermelha com o sangue do traidor.

CAPÍTULO DEZENOVE

EXPLICAÇÕES

Os acontecimentos desse dia na Estação Central em Strelsau estão para sempre gravados em minha memória. Em momentos de devaneio, eu os encontro preenchendo minha mente espontaneamente com uma vívida, quase teatral, qualidade em si, como se tivesse presenciado algum tipo de pantomima de pesadelo em que foram utilizadas espadas reais e sangue real. Se fosse uma pantomima, meu amigo, o Sr. Sherlock Holmes, havia não só dirigido a produção inteira, mas havia tomado um papel principal no drama, incluindo reproduzir uma cena muito eficaz de morte. Sua morte totalmente convincente foi exatamente como ele havia planejado. Quando disparei meu revólver, preenchido com cartuchos vazios, contra ele, Holmes batera com a mão no peito, quebrando um pequeno frasco de tinta vermelha escondido no forro da túnica branca. Enquanto "sangrava" de sua "ferida fatal", ele caíra na plataforma com um grito estrangulado: foi um desempenho digno de Sir Henry Irving. Finalmente, seu "cadáver" foi removido para o palácio, onde executou uma ressurreição notável.

Nesse meio tempo, após a confusão inicial e o furor que seguiram a morte de Rupert de Hentzau, a visita de estado continuara, mais ou menos como o planejado. Antes de sair da estação, atendi à ferida de Rassendyll, cobrindo-a com um curativo improvisado. Embora o corte fosse profundo, a lâmina não havia cortado uma artéria e nenhum dano grave fora feito.

A notícia da traição de Rupert e o papel valente interpretado por Rudolf em sua expedição havia rapidamente se espalhado pela cidade, trazendo ainda mais multidões para celebrar a carruagem de estado à medida que avançava para o palácio com o "rei" e a rainha e seu visitante real bastante abalado. Ao mesmo tempo em que os acontecimentos dramáticos eram promulgados em Strelsau, os homens do rei, seguindo as ordens de Tarlenheim, fizeram incursões relâmpago em vários redutos dos Azuis, incluindo o castelo de Zenda e a principal guarnição em Berenstein. Ao cair da noite, os remanescentes dos Azuis que não foram mortos ou presos fugiram do país. Efetivamente, a organização fora destruída.

Naquela noite houve um banquete no palácio em honra ao Rei Wilhelm. O aumento da jovialidade e vivacidade da ocasião tinha, seria justo dizer, mais a ver com o triunfo de Rudolf e a morte do traidor do que com a presença do Rei da Boêmia.

Após as festividades chegarem ao fim, a Rainha Flávia, Rassendyll e Tarlenheim visitaram as salas privadas onde Holmes e eu nos preparávamos para nossa partida. Calorosos sentimentos foram expressos por todos. Flávia tomou as mãos de meu amigo nas suas.

– Não posso encontrar palavras suficientes para agradecer-lhe, Sr. Sherlock Holmes. O senhor milagrosamente baniu todas as nuvens escuras que pairavam sobre nosso reino.

Ela inclinou-se e beijou-o na face. Raramente vi meu amigo tão inquieto e sem palavras como estava naquele momento. Para salvar seu embaraço, a senhora graciosa virou-se para mim.

– E o senhor, doutor Watson, merece nossos agradecimentos também. – Ela me ofereceu a mão, que eu tomei e beijei.

– Foi um prazer, madame – disse eu.

Holmes virou-se para Rudolf Rassendyll.

– Qual é seu destino agora? – Perguntou.

– Meu destino foi esculpido para mim, eu acho. O destino me levou a fazer o papel do rei da Ruritânia há três anos e agora parece que não tenho escolha, a não ser retomar o papel.

– Devemos nos casar em uma hora – Flávia interpos calmamente. – Meu fiel Fritz deve ser nosso padrinho, mas tomaríamos como uma honra se vocês atendessem a cerimônia.

EXPLICAÇÕES

— Isso nos dará o maior prazer — respondeu meu amigo calorosamente. Ele colocou a mão no ombro de Rassendyll. — O coronel Sapt disse que o senhor era forjado para ser rei. Não sou dado a reflexões religiosas, mas parece-me que o senhor nasceu, de alguma forma, para governar esta terra. Sei que vai governá-la bem e trazer estabilidade para a monarquia.

— Esforçarei-me ao máximo.

— Isso é tudo que qualquer um de nós pode fazer, hein, Watson?

— Trocamos sorrisos.

* * *

Mais tarde naquela noite, na pequena Capela de Santo Estanislau do palácio, o arcebispo de Strelsau oficiou a cerimônia privada de casamento da Rainha Flávia da Ruritânia e Rudolf Rassendyll. Holmes, Tarlenheim e eu éramos os únicos outros presentes.

Na penumbra de velas, este homem e esta mulher a quem o destino reuniu em amor e tragédia selaram sua união para sempre na troca de anéis.

A Ruritânia encontrara seu verdadeiro rei finalmente.

Após a cerimônia, Tarlenheim abriu champanhe e brindamos ao casal feliz. Então, a um sinal do Rei Rudolf, ele apresentou uma caixa de veludo. De dentro dela, o rei removeu duas correntes de ouro em que estavam suspensas brilhantes medalhas de ouro, cada uma em forma de uma estrela de quatro pontas com um diamante branco em seu coração.

— Como meu primeiro ato como Rei da Ruritânia — disse Rudolf —, gostaria de dar à vocês dois a mais alta condecoração de meu país, a Estrela da Ruritânia. Minha esposa e eu e meu reino estaremos para sempre em dívida com vocês. — Ele deslizou as correntes sobre nossas cabeças cada uma a sua vez, saudando-nos com um beijo na bochecha à moda continental enquanto o fazia. Foi um momento comovente e nós dois proferimos palavras inadequadas de gratidão.

* * *

Pela manhã, depois de realizar nossas despedidas finais, estávamos mais uma vez a bordo de um trem, desta vez para oeste, para a Inglaterra.

– Bem – disse Holmes, à vontade e fumando seu cachimbo, quando se tinha estabelecido em nosso compartimento –, enquanto a dinastia Elfberg durar, esta é uma aventura com a qual você não poderá deliciar seus leitores.

– Realmente não – eu disse –, embora eu a escreverei para meu próprio registro pessoal. Portanto, eu agradeceria se pudesse esclarecer alguns detalhes para mim.

Holmes riu.

– O bom e velho Watson. Não importa que sublevações experimentemos, essa natureza organizada sua apresenta-se. Muito bem, pergunte.

– Para começar, há algo que vem me confundindo por alguns dias. Quando estávamos drogados na residência do embaixador britânico, pouco antes de perder a consciência, você fez uma referência a "botas novas".

– Eu fiz de fato. Se bem se lembrar, Watson, havia algo na história de Sir Roger que me perturbou. Eu não conseguia definir a inconsistência e, quando o fiz, já era tarde demais: Eu havia bebido o conhaque drogado. Ele nos dissera que, depois de receber o telegrama de Mycroft alertando-o sobre nossa chegada, ele havia ido à estação para encontrar-nos e, ainda assim, enquanto nos dizia isto, ele estava calçando botas novas reluzentes, sem um grão de poeira em si, ou qualquer sinal de uso. Obviamente, ele não havia deixado o local naquela manhã: portanto, ele estava mentindo. Eu fui muito lento em chegar a essa conclusão.

– Se foi lento, eu fui ainda mais lento.

– Ah, sim, mas para ser justo, você sempre teve dificuldade em traduzir o que observa em material para dedução. Ganho a vida fazendo isso.

Sabia que o protesto era inútil, então segui adiante para um outro ponto.

– Tinha certeza de que representaria o rei antes mesmo de chegar à Ruritânia?

EXPLICAÇÕES

– Antes de sairmos da Baker Street! Ponderei que se ele fora representado anteriormente, ele poderia ser de novo, desta vez por mim. Parecia que Rupert sempre poderia utilizar a ameaça de representação de Rassendyll, independentemente do resultado de suas maquinações atuais. A única maneira de lidar com isso era acabar com a cobra completamente. Para conseguir isso, eu tinha de fornecer um terceiro Rudolf V. Foi por isso que eu estava determinado a manter minha bolsa de viagem a todo o custo: ela contém meu estojo de maquiagem, que era essencial para meus planos.

– Realmente, Holmes, isso é incrível: que pensou em tudo isso antes de sairmos de Londres.

– Não faz sentido enfrentar problemas sem fazer alguns planos de contingência. No entanto, seria errado de minha parte levar você a acreditar que cada detalhe foi elaborado precisamente de antemão. Eu naturalmente supus que encontraria o Rei Rudolf pessoalmente e, portanto, poderia basear o disfarce em minhas observações sobre ele. Sua morte prematura causou problemas inesperados. No entanto, tudo está bem, hein, Watson?

– Agora que Rassendyll é rei, o que pretende dizer a lorde Burlesdon sobre seu irmão?

– Tenho aqui uma carta para ele de Rassendyll – respondeu Holmes, batendo no bolso do peito. – Ela confirma que ele está bem e feliz, mas, por razões que não podem ser divulgadas, ele pode nunca mais voltar para a Inglaterra. Embora a mensagem é, de certa forma, triste, ela deve convencer lorde Burlesdon que seu irmão está fora de perigo e contente com sua sorte. Agora, então, Watson, existem outros pontos que você deseja levantar antes que eu me entregue a um cochilo?

– Devo confessar – disse eu, seguindo para outro ponto sobre o qual eu não estava satisfeito – que achei suas deduções que o levaram a acreditar que Rassendyll era mantido prisioneiro no pavilhão de pesca menos do que convincentes.

– É mesmo? – Disse Holmes, fingindo surpresa, suprimindo um sorriso antes de rir em voz alta. – Caí em minha própria armadilha – ele disse com tristeza. – Tenho de admitir, Watson, que minhas deduções foram um tanto frágeis e, em sua maior parte, foi um palpite inteligente.

Eu o encarei.

— Sim, sim, eu sei que eu nunca adivinho, mas nessa ocasião eu o fiz. Agora feche a boca, meu caro Watson, antes que engula uma mosca.

A explicação de Holmes me deixara sem palavras. Foi a única vez em nossa longa associação juntos que ele admitiu adivinhar: e mesmo assim ele tinha razão. Isso levou-me a acreditar que Sherlock Holmes trasnformara até mesmo a adivinhação em fina arte.

* * *

Trinta e seis horas depois, dois viajantes cansados desceram de um cabriolé na Baker Street. Foi bom estar de volta em nossos velhos aposentos novamente. Tarde da noite, quando nos sentamos ao redor do fogo tomando uma bebida, inevitavelmente voltamos à discussão do caso Hentzau.

— A situação que deixamos para trás é dificilmente a solução ideal: um rei impostor continuando a linha Elfberg; mas a alternativa era certamente uma que não podíamos tolerar. Além disso, depois de tudo, ele é um Elfberg, afinal — comentou Holmes.

— Amor, lealdade e inteligência, todos os quais Rassendyll possui, facilmente compensam eventuais deficiências de linhagem que ele possa ter — disse eu.

— Watson, você ainda é um romântico de coração. — Holmes sorriu e olhou para as chamas. — No entanto, neste caso, velho amigo, acredito que pode estar certo.

COLEÇÃO
AS NOVAS AVENTURAS DE
SHERLOCK HOLMES

O MANUSCRITO DOS MORTOS

Abajour BOOKS

www.abajourbooks.com.br
www.dvseditora.com.br